U0115928

文明國

豐子愷　著

豐子愷（一八九八年－一九七五年）

原名潤，又名仁、仍，號子顗，後改為子愷，筆名TK。浙江崇德（今桐鄉）人。中國現代畫家、散文家、藝術教育家和翻譯家，是一位卓有成就的文藝大師。早在二十年代他就出版了《藝術概論》《音樂入門》《西洋名畫巡禮》《豐子愷文集》等著作。他一生出版的著作達一百八十多部。

總序一

兒童文學的歷史與記憶

林文寶

大陸海豚出版社所出版之中國兒童文學經典懷舊系列，要在臺灣出版繁體版，這是臺灣兒童文學界的大事。該套書是蔣風先生策劃主編，其實就是上個世紀二、三十年代的作家與作品，絕大部分的作家與作品皆已是陌生的路人。因此，說是經典有失嚴肅；至於懷舊，或許正是這套書當時出版的意義所在。如今在臺灣印行繁體版，其意義又何在？

考查各國兒童文學的源頭，一般來說有三：

一、口傳文學

二、古代典籍

三、啟蒙教材

而臺灣似乎不只這三個源頭，綜觀臺灣近代的歷史，先後歷經荷蘭人佔據三十八年（一六二四—一六六二），西班牙局部佔領十六年（一六二六—

一六四二），明鄭二十二年（一六六一－一六八三），清朝治理二〇〇餘年（一六八三－一八九五），以及日本佔據五十年（一八九五－一九四五）。其間，相當長時間是處於被殖民的地位。因此，除了漢人移民文化外，尚有殖民者文化的滲入；尤其以日治時期的殖民文化影響最為顯著，荷蘭次之，西班牙最少，是以臺灣的文化在一九四五年以前是以漢人與原住民文化為主，殖民文化為輔的文化形態。

一九四五年十月二十五日國民黨接收臺灣後，大陸人來臺，注入文化的熱血液。接著一九四九年十二月七日國民黨政府遷都臺北，更是湧進大量的大陸人口。而後兩岸進入完全隔離的型態，直至一九八七年十一月臺灣戒嚴令廢除，兩岸開始有了交流與互動。一九八九年八月十一至二十三日「大陸兒童文學研究會」成員七人，於合肥、上海與北京進行交流，這是所謂的「破冰之旅」，正式開啟兩岸兒童文學交流歷史的一頁。

其實，兩岸或說同文，但其間隔離至少有百年之久，且由於種種政治因素，目前兩岸又處於零互動的階段。而後「發現臺灣」已然成為主流與事實。

因此，所謂臺灣兒童文學的源頭或資源，除前述各國兒童文學的三個源頭，又有受日本、西方歐美與中國的影響。而所謂三個源頭主要是以漢人文化為主，其實也就是傳統的中國文化。

臺灣兒童文學的起點，無論是一九〇七年（明治四〇年），或是一九一二年（明治四十五年／大正元年），雖然時間在日治時期，但無疑臺灣的兒童文學是屬於華文世界兒童文學的一支，它與中國漢人文化是有血緣近親的關係。因此，了解中國上個世紀新時代繁華盛世的兒童文學，是一種必然尋根之旅。

本套書是以懷舊和研究為先，因此增補了原書出版的年代（含年、月）、出版地以及作者簡介等資料。期待能補足你對華文世界兒童文學的歷史與記憶。

林文寶，現任臺東大學榮譽教授，曾任臺東大學人文文學院院長、兒童文學研究所創所所長、亞洲兒童文學學會臺灣會長等。獲得第三屆五四兒童文學教育獎，中國文藝協會文藝獎章（兒童文學獎），信誼特殊貢獻獎等獎肯定。

總序二

原貌重現中國兒童文學作品

蔣風

今年年初的一天，我的年輕朋友梅杰給我打來電話，他代表海豚出版社邀請我為他策劃的一套中國兒童文學經典懷舊系列擔任主編，也許他認為我一輩子與中國兒童文學結緣，且大半輩子從事中國兒童文學教學與研究工作，對這一領域比較熟悉，了解較多，有利於全套書系經典作品的斟酌與取捨。

一開始我也感到有點突然，但畢竟自己從童年開始，就是讀《稻草人》《寄小讀者》《大林和小林》等初版本長大的。後又因教學和研究工作需要，幾乎一而再、再而三與這些兒童文學經典作品為伴，並反復閱讀。很快地，我的懷舊之情油然而生，便欣然允諾。

近幾個月來，我不斷地思考著哪些作品稱得上是中國兒童文學的經典？哪幾種是值得我們懷念的版本？一方面經常與出版社電話商討，一方面又翻找自己珍藏的舊書。同時還思考著出版這套書系的當代價值和意義。

中國兒童文學的歷史源遠流長，卻長期處於一種「不自覺」的蒙昧狀態。而清末宣統年間孫毓修主編的「童話叢刊」中的《無貓國》的出版，可算是「覺醒」的一個信號，至今已經走過整整一百年了。即便從中國出現「兒童文學」這個名詞後，葉聖陶的《稻草人》出版算起，也將近一個世紀了。在這段不長的時間裡，中國兒童文學不斷地成長，漸漸走向成熟。其中有些作品經久不衰，而一些作品卻在歷史的進程中消失了蹤影。然而，真正經典的作品，應該永遠活在眾多讀者的心底，並不時在讀者的腦海裡泛起她的倩影。

當我們站在新世紀初葉的門檻上，常常會在心底提出疑問：在這一百多年的時間裡，中國到底積澱了多少兒童文學經典名著？如今的我們又如何能夠重溫這些經典呢？

在市場經濟高度繁榮的今天，環顧當下圖書出版市場，能夠隨處找到這些經典名著各式各樣的新版本。遺憾的是，我們很難從中感受到當初那種閱讀經典作品時的新奇感、愉悅感、崇敬感。因為市面上的新版本，大都是美繪本、青少版、刪節版，甚至是粗糙的改寫本或編寫本。不少編輯和編者輕率地刪改了原作的字詞、標點，配上了與經典名著不甚協調的插圖。我想，真正的經典版本，從內容到形式都應該是精致的、典雅的，書中每個角落透露出來的氣息，都要與作品內在的美感、精神、品質相一致。於是，我繼續往前回想，記憶起那些經典名著的初版本，或者其他的老版本——我的心不禁微微一震，那裡才有我需要的閱讀感覺。

在很長的一段時間裡，我也渴望著這些中國兒童文學舊經典，能夠以它們原來的面貌重現於今天的讀者面前。至少，新的版本能夠讓讀者記憶起它們初始的樣子。此外，還有許多已經沉睡在某家圖書館或某個民間藏書家手裡的舊版本，我也希望它們能夠以原來的樣子再度展現自己。我想這恐怕也就是出版者推出這套書系的初衷。

也許有人會懷疑這種懷舊感情的意義。其實，懷舊是人類普遍存在的情感。它是一種自古迄今，不分中外都有的文化現象，反映了人類作為個體，在漫長的人生旅途上，需要回首自己走過的路，讓一行行的腳印在腦海深處復活。

懷舊，不是心靈無助的漂泊；懷舊也不是心理病態的表徵。懷舊，能夠使我們憧憬理想的價值；懷舊，可以讓我們明白追求的意義；懷舊，也促使我們理解生命的真諦。它既可讓人獲得心靈的慰藉，也能從中獲得精神力量。因此，我認為出版本書系，也是另一種形式的文化積澱。

懷舊不僅是一種文化積澱，它更為我們提供了一種經過時間發酵釀造而成的文化營養。它為認識、評價當前兒童文學創作、出版、研究提供了一份有價值的參照系統，體現了我們對它們批判性的繼承和發揚，同時還為繁榮我國兒童文學事業提供了一個座標、方向，從而順利找到超越以往的新路。這是本書系出版的根本旨意的基點。

這套書經過長時間的籌畫、準備，將要出版了。

我們出版這樣一個書系，不是炒冷飯，而是迎接一個新的挑戰。

我們的汗水不會白灑，這項勞動是有意義的。

我們是嚮往未來的，我們正在走向未來。

我們堅信自己是懷著崇高的信念，追求中國兒童文學更崇高的明天的。

二〇一一年三月二〇日

於中國兒童文學研究中心

蔣風，一九二五年生，浙江金華人。亞洲兒童文學學會共同會長、中國兒童文學學科創始人、中國國際兒童文學館館長。曾任浙江師範大學校長。著有《中國兒童文學講話》《兒童文學叢談》《兒童文學概論》《蔣風文壇回憶錄》等。二〇一一年，榮獲國際格林獎，是中國迄今為止唯一的獲得者。

目錄

小鈔票歷險記

序言

我講這個故事的時候，是民國二十年左右，許多小朋友還沒有出世呢。現在我把這故事刊印冊子，必須先說幾句序言，否則小朋友們看不懂。那時物價很低，一斗米大洋九角（即米每石九元）。一匣仙女牌香煙銅元十一枚（一角大洋可換銅元三十五枚）。那正是開始取消硬幣，改用紙幣的時候，所以兩種錢幣並存。這文中的主角，是一張一角鈔票。它所說的「姐姐」，就是一角二角的銀角子；「姑母」就是一塊銀洋錋；「伯伯」就是一元鈔票；「公公」就是五元十元鈔票。開頭說：「我們的家族中，突遭重大的變故」，就是指取消硬幣，改用紙幣的事。照物價比例而論，當時這張一角鈔票，其價值大約相當於現在的一張五千元鈔票。

中華民國三十六年元月十四日附記。

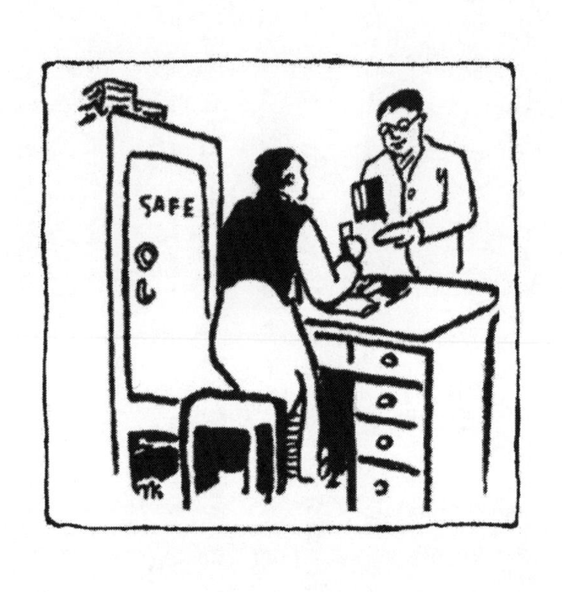

我一出世，就穿了一件嶄新的花長衫。我在會計室的洋箱裡躺了很久。有一天，會計把我取出，交給一個穿洋裝的人，說：「張先生，還有一角找頭呢！」

不久，張先生把我從袋裡取出，說：「一張新鈔票！」他的女兒慧貞抬頭看著我，稱讚我的美麗。正好他的兒子文彬放學回家，嚷著「給了我！」把我奪去。

文彬把我夾在一冊畫帖裡。下一天他帶了畫帖上學去。上課時，被女先生看見，走過來責問，他慌忙把畫帖塞進桌板底下，我卻從畫帖中跌出，落在地上。

一陣風把我吹到坐在後面的朱榮生腳邊，他立刻用腳踏在我身。腳底有雞糞，臭氣難聞。

過了好久，他的腳突然移開，
急忙把我拾起，塞進他的鞋子裡。
這裡有一股腳臭，還有潮氣。

朱榮生把我帶到他家。我看到他家裡很窮。他坐在板床上把我撫摸了一會，藏在枕頭底下。幾隻臭蟲爬到我身上來。

朱榮生的媽媽見了我，怪他不該拾同學失落的錢。但他說，我們先用一下，等爸爸寄了錢來，再拿去還給先生，叫他去招領。他媽媽同意了，便取了竹籮，拿了我出去買米。

米店的管賬先生把我們幾個從賬桌抽斗裡拿出來，對一位農婦說：「貴林嫂，找還你大洋四元（指四位伯伯）一角（指我）。」貴林嫂把我們包好，在米店門檻上朝裡坐了，解開衣襟，把我們藏在她的肚兜裡。

貴林嫂回到家裡，把我們五人放進罐頭裡蓋好，埋在灶肚裡的灰中。我正著急，罐頭底上的姑母安慰我說，她們的圓圓的大白臉也經常被汙或受傷。

忽然醉醺醺的貴林跑進屋來。

他見外面的灶肚在煮飯，便用裡面那個平時不用、藏有罐頭的灶肚來燒茶喝。

火氣漸漸攻我的心，我終於昏過去。醒來時只見香煙罐頭和蓋分作兩處，在地上冒煙，又聽見貴林嫂和貴林在爭吵。後來，貴林奪了我和兩個姑母，逃出門去。

貴林拿了我和姐妹們，逕往賭場「打寶」賭錢。一個頭上蓋一塊糙紙的「糙鬍子」伸手把我拿到身邊，不久我和許多族人進了他的衣袋。

「糙鬍子」衣袋的一角有個錫紙包，姑母將包撞破，我們看到裡面是焦黃色的粒子（鴉片），氣味很難聞。「糙鬍子」把我取出（這時我身上已染有焦黃的跡），遞給一個戴鴨帽的「毛喉嚨」，一邊說：「今天生意不好，幫幫忙吧！」「毛喉嚨」聞聞我，責問了「糙鬍子」一番，終於把我塞進褲袋，袋裡已有一個兄弟住著。

忽聞外面有鑼鼓聲，大家正想出去看，但見一隻手偷偷伸進褲袋來，執住我們兄弟兩個，徐徐地扯出去。剎那間我看見一個戲臺，臺下許多人站著看戲。其中一個「癩痢頭」把我們從「毛喉嚨」褲袋中取出後，立刻塞進自己的褲腰。

「癩痢頭」的褲管扎緊，因此，我們沒有落在地上，卻正好擱在他的褲襠裡，這是我們的奇恥大辱！褲襠動盪了一會，停止了。「癩痢頭」把我們取出來，這時我看見他脫下半條褲子，蹲在毛廁上。

「癩痢頭」把我們從褲管中取出，把我的兄弟藏在他的衣袋裡，把我壓在毛廁外溺甏邊的一塊磚頭底下。這裡又潮、又暗、又臭！我氣得睡著了。

我醒來時，只見那「癩痢頭」拿了我向一個「方頭鬍子」還債。「方頭鬍子」一面打「癩痢頭」，一面伸手來奪我。我被奪破，腰斬為兩段。我的上半身和下半身終於歸到「方頭鬍子」手裡。

「方頭鬍子」用右手的小指甲從自己牙上刮下些牙糞來作為漿糊，把我一半向上，一半向下，粘在一起，我腰纏腥臭的牙糞，扭著身體躺著，難受極了。

「方頭鬍子」把我粘好後，拿去向「小眼睛」買了一包蹩腳香煙。那時我已經又舊又髒，面目全非，好容易才被「小眼睛」收受，使我悲傷之極。

「小眼睛」把我帶回家，坐在板桌邊喝完酒，把我從籃裡取出來，看了一會，便破口大罵。他把一生貧窮的怨氣都發洩在我身上，燒我的雙臂和雙腳。

「小眼睛」一邊罵，一邊用腳踏我，我痛得昏了過去。

我醒來時，看見一個老婆婆用一條紙，自頭至踵貼在我身上，對老頭子說：「『小眼睛』阿二用這張破鈔票來買酒，這張鈔票上已經補過一根橫條，我再補一根直條上去，弄得紙頭多，鈔票少了。」

阿芳來老婆婆的酒店裡買酒，老婆婆把我找給他，他拿了我走進一家人家，我一看，原來我又回到了洋裝先生的家裡。慧貞和文彬見了我，都說：「這張也算鈔票！」

張先生突然問文彬：「前回我給你的一張嶄新的鈔票呢？」文彬說，早已搞丟了。我大聲叫：「我就是你的新鈔票呀！」但他們沒有聽見。張先生看著我說：「不知它經過了多少人的手？」說著，用圖釘把我釘在牆壁上他的圖案原稿旁邊。我的殘軀總算得了休養之所。

（本篇原載《新少年》
一九三六年第一卷第一至三期）

文明國

文兒和明兒到山中去採花果。文兒採了一袋果子，明兒採了一籃花。果子很甜，花很香。忽然警報響了。柱子上掛起兩個紅球來。文兒和明兒發現山中有一個洞，就趕快進洞去躲避。

這洞很深，而且彎彎曲曲。文兒和明兒走了一回，忘記來路，回不出來。幸而文兒身上有火柴，可以照路。兩人向前走。肚子餓了，吃果子。疲倦了，嗅嗅花的香氣。

燒完了一匣火柴，吃完了一袋果子，方才走到洞口，但不是進來的洞口，卻是另一個洞口。遠遠看見許多旗子。旗子上都有一個G字。

許多穿長衣的人走來看文兒和明兒。原來這地方叫做「善山」，是另個國土，和我們向來不交通。善山的山長看見文兒和明兒，很愛他們。他們就住在善山的山長的家裡。

這善山中的人，真是異怪：有一天，山長正在和文兒、明兒談話，忽然他的頭上痛起來。他說：「趕快去查，我的國土裡一定有一個人頭上受傷了。」出去一查，果然有一個小孩在樹旁跌了一跤，把頭撞在樹根上，正在喊痛。原來這國土裡的人，凡有一人害痛，大家覺得痛。

又有一次，善山的山長正在和文兒、明兒談笑，忽然他的背上癢起來。文兒和明兒就給他搔癢。他說：「趕快去查，我的國土裡一定有人被蚊蟲咬了。」出去一查，果然有一個孩子睡著，沒有放下蚊帳，兩隻蚊子正在咬他的背脊。原來這國土裡的人，凡有一人害癢，大家覺得癢。

又有一天，山長剛吃過晚飯，就覺得肚饑，非常的饑。他說：「趕快去查，我的國土內一定有人沒有吃飯。」出去一查，果然有一個孩子爬到山下海邊去玩，爬不上來，坐在海邊上挨餓。原來這國土裡的人，凡有一人挨餓，大家覺得餓。

又有一天，山長口乾，要吃茶。吃了一大壺，還是口乾。他說：「趕快去查，我的國土內一定有人口渴。」出去一查，果然有一孩子，因為口渴，爬上樹去採果子吃，豈知果子一個都沒有，他卻爬不下來。太陽很大，他坐在樹上哭。原來這國土裡的人，凡有一人口渴，大家覺得口渴。

文兒和明兒在善山的國土裡住了幾天，想回家去，山長說：「海的那邊，還有一個國土，我派人搖船載你們去玩過，然後回家。」文兒和明兒在船中望見那國土的旗子，上面有一個T字。到了那國土，看見許多方頭的人胸前都掛著一面心形的鏡子。這國土叫做「真山」。真山的山長很愛文兒和明兒，叫他們住在他家裡。

有一天，真山的山長正在和文兒、明兒談話，他胸前的鏡子裡顯出一杯茶來。這表示他想喝茶了。原來這國土裡的人，凡心中想什麼，鏡中就顯出什麼，不能瞞人。

又有一天，真山的山長正在和文兒、明兒談笑，他胸前的鏡子裡顯出一碗飯來，文兒和明兒知道他想吃飯了，就請他吃過飯再講。

文兒和明兒走到山外去玩，看見一個農人急急忙忙地走，他的鏡中顯出一隻鴨子。文兒和明兒知道他找鴨子，就幫他去找。

文兒和明兒走到街上去玩，看見一個工人急急忙忙地走，他的鏡中顯出一把斧頭。文兒和明兒知道他找斧頭，就幫他去找。

文兒和明兒到山中採蘋果回來，看見一個方頭的男孩子，鏡子裡顯出蘋果，知道他是想吃蘋果，就送他一顆。

文兒和明兒到海邊去採花回來，看見一個方頭的女孩子，鏡子裡顯出一朵花，知道她想要花，就送她一朵。

真山的山長拿兩面鏡子來掛在文兒和明兒的胸前，鏡子裡都顯出一間房子來。山長知道他們想回家了。

山長說：「你們想回家了，我用降下傘送你們去。因為山洞很難走。今天有風，這風叫做『仁風』，你們就可乘風歸去。」

文兒和明兒回國，連忙到學校裡把在真山和善山裡所見的向全體同學宣傳。同學很感動，向國內大眾宣傳。大眾很感動，大家設法仿造那種衣服和鏡子，後來果然成功了。國中的人就都同那兩山中的人一樣，大家不欺騙人，大家痛癢相關。這國因為是由文兒和明兒改良的，就叫做「文明國」。從此敵人不敢來侵犯，國內就沒有警報，永遠平安了。

（本書曾作為《兒童文庫》第一種，由作家書屋於一九四四年刊行，署名豐子愷編繪。）

貓叫一聲

這是什麼時候發生於什麼地方的事？筆者尚未考實。但知這是過去、現在、或未來的世間所有的一件事實。筆者為欲使讀者易於想像，在敘述中借用目前的風習，但這是假定的。

後半夜，貓不知為什麼，在屋頂上大叫一聲。一隻老鼠剛從字紙簏裡覓得一張酥糖包紙，正在銜著它爬過伯伯床前的停火桌①，聽見了貓叫，嚇得魂不附體，就把酥糖包紙遺棄在停火桌上，隻身逃命，不敢再出洞來收回它的寶貝。這酥糖包紙恰好蓋在伯伯的近視眼鏡上，而且擺得很正，好像伯伯有意放在床前桌上的一冊薄書。

天亮了，老媽子進來為伯伯倒痰盂，看見伯伯昨夜睡前躺在床裡看的二冊書落脫在痰盂旁邊，就為他拾起來，放在停火桌上的酥糖包紙上。她誤認這酥糖包紙是一冊書，想為伯伯的東西歸類。誰知伯伯的眼鏡已被重重疊疊地遮蓋了！

伯伯的眼睛近視得厲害，一起身，就要找眼鏡戴。但他找了好久，不見眼鏡。

TK

他不戴眼鏡，一二尺外的東西也看不清楚，不得已，只好摸索地走到窗前來喊：「誰來替我找找眼鏡！誰來替我找找找眼鏡看！」喊了兩聲，一朵痰湧上氣管，幾乎塞住了他的喉頭。他「阿狠！」一聲，又滑又鹹的一朵濃痰填充了半口腔。他來不及回去找痰盂，用力一「呸」！那朵痰就向窗外二丈多遠的草地裡飛。二男今天要跟爸爸乘火車到外婆家去邀姆媽，剛才換好新衣新鞋，聽見伯伯著急地喊人找眼鏡，不及繞道回廊，就穿過草地，由近路趕來接應。伯伯不能看見他，他也不及讓避伯伯的痰，那痰恰好落在他的新鞋的頭上。浮萍大的濃綠色的一堆，牢牢地粘住在他的玄色直貢呢新鞋的頭上。他想喊出「啊呀，姆媽要罵了！」但他暫時不作

聲，暫時穿了這隻繡花鞋，去替伯伯尋到了眼鏡，然後去找老媽子商量辦法。

老媽子蹲下去看看二男的鞋子，跳起來說：「咦！隔夜飯吐出了！拿到河裡去洗，一刹時不會乾。今天偏偏要去做客人，怎麼辦呢？」她仰起頭一想，得意地說：「穿了哥哥的一雙吧，大得真有限的。」二男就借穿了大男的新鞋子，跟著爸爸向火車站去。

二男穿著大男的鞋子在路上走，雖然略嫌寬些，卻很舒服，好像赤腳似的。但當快步的時候，腳趾頭須得使個勁兒，否則似有落脫之虞。幸而火車站就到，火車就來，二男上車坐定後，倒也不覺得什麼。

他背著窗坐②，回頭望望窗外飛奔的景物，覺得異常新鮮。因為他是難得坐火車

的。他屢屢回頭，頸骨異常酸痛，不免扭過腰來，向著窗子跪在凳上，可以飽看一頓。

二男的爸爸買了一包衛生豆腐干，遞給二男。這是火車上所特有的食物，在二男又覺得異常新鮮。火車窗沿有毛兩寸闊，大可當小檯子；娘舅新近送他的德國小洋刀又帶在身邊。他就拿出小洋刀來在這小檯子上切衛生豆腐干吃。他把豆腐干切成細條，把刀擱在窗緣上，然後一條條地取食。享樂往往容易過去，不久洋刀旁邊只剩下一條豆腐干。他拿了這最後的一條豆腐干，正想往嘴裡送，一個肥大的旅客欲赴便所，在他背後擦過。二男的鞋子本已很寬，經他用力一

擦，左腳上的鞋子就落地。二男立刻扭轉腰來回復背窗而坐的姿勢，同時俯下身去拾他的新鞋。

正在這時候，坐在他前排上的旅客，遇到一個相識的人，連忙摸出香煙來請客。他的香煙簏子內只剩二枝香煙。他拿出了這兩枝香煙，就把簏子丟在地上。一張畫片從簏子裡跌出，恰巧碰著俯身拾鞋的二男的視線。這使得他觸目動心：因為二男費了半年多的心血，積受此類畫片九十八張，再訪二張，就成全套，可換腳踏車一輛。而目前地上的一張，正是這二張中之一！他先伸手拾了畫片，然後拔上鞋子。他忘記了一切，熱心地鑒賞這稀有的畫片，熱心地慶祝自己的幸運，又熱心地把這事告訴他爸爸：「再積一張我可以有一輛腳踏車了！」「有了腳踏車我可以旅行了！」「爸爸以後常吃這種香煙！」正談得起勁，不覺火車已到目的地，他們所坐的一節三等客車恰好停在車站的門口。二男把他的德國小洋刀遺忘在火車中的窗緣上，跟著爸爸匆匆下車。

二男和爸爸擠進這車站時，看見有一個鄉下人，一手提著一個包裹，一手拿著一張四等車票，倉皇地擠出車站來，死命地奔向火車。他不管三等四等，拉著最近一節車廂的門鈕用力亂旋。收票的在門口喊：「四等在後頭！這裡是三等！」但這時候火車已經慢慢地開動，那鄉下人已慌張得無暇聽這忠告，那收票人也不好意思阻難他了。他終於把門扭開，平安地跳上火車。這就是二男和爸爸走下來的一節三等客車，兩個靠窗的座位依然空著，就被鄉下人和他的包裹所佔據。他先把車票藏入袋裡，然後揩揩額上的汗，定一定神。他本來不識字，三等車廂和四等車廂也少有分別，除了「三」字和「四」字不同之外，一樣的統長座位，一樣的玻璃窗，一樣的乘客。他坐在這裡，除了袋裡的車票上的文字以外，也沒有一點足以證明他不應該。他扭轉身子把一隻腿擱在包裹上，回頭向窗外眺望野景。

他正在心中豔羨比他種得更好的麥田，譏笑比他種得更壞的瓜田時，忽覺眼

TK

睛底下亮閃閃的，似有一樣東西在牽惹他的眼光。他把視線從野外收回，移注在窗緣上，但見一把很精緻的小刀，橫臥在離他的眼睛不到半尺的地方。「這是誰的？」這念頭最初湧出在這正直的鄉下人的心中。「這可以歸我嗎？」這念頭繼續起來搖動了這窮苦的鄉下人的心。他暫時不動聲色，回頭調查他的環境。但見他身旁的乘客，都是同他差不多的鄉下人，不像是這精美的小刀的所有者；況且他們都被火車的振動催眠著，形同廟裡的菩薩，更無工夫注意他的行為了。他伸手取刀，敏捷地把它收攏了，敏捷地藏入袋中。

不一會，查票員來了。我們這位坐三等車的鄉下客人不慌不忙地伸手入袋，坦然地摸出一張四等票，高高地擎起來，交查票員查驗。「四等後面去！四等後面去！」查票員一面連喊著，一面連推這鄉下人的身體，繼續又咕嚕著：「字不識得，難道嘴巴也不生，不會問一問人的？」我們這和善的鄉下人受驚若寵，乘勢提了包裹，一顛一撞地向後面走。當他把驗過了的票子藏入袋裡的時候，他的手指觸著了冷冰冰的一條，心裡一陣歡喜。他想起了他們村上所流行著的諺語：「天上落脫，地上拾得，十八個皇帝奪勿脫！」

鄉下人坐在四等車裡打了一個瞌睡，本能地知道目的地將到了。果然不到一管旱煙模樣，火車已停在他所熟識的火車站旁。他提了包裹下車，交出了票子，立刻登上回家的小路。因為從火車站到他家，還有六七十里的距離，須得用他的腳步來消滅。他走了好久，經過一個小市鎮。這市梢有一座石橋，是從他家到火車站必須經過的。

當他走上橋的時候，把腳踏在一塊動搖的橋步石上，「各東」一響，嚇得他

直跳起來。可喜安然地走過了橋。但他沒有知道，當他踏了蹺石頭的時候，他的小洋刀已通過了老鼠在他袋上咬破的小洞而翻落在蹺石頭的旁邊，「各東」的聲音恰巧把小刀翻落的聲音遮掩，使他不曾留意。而他袋上的洞，則是昨天藏了客人家所贈與的花生米而被老鼠咬破的，他自己全然沒有得知，所以放心地把小刀保藏在這裡。這洞比黃豆大，比蠶豆小，若在平時，小刀也漏不出。他上橋時的一跳恰巧給它鑽出了。這確是他所防不到的失誤。他穿過市鎮的時候，買了兩個圓子當午飯吃，繼續上道回家。他直到傍晚抵家，方始發見了小刀的損失和袋上的洞。他如何惋惜，暫且不提。

卻說那小市鎮裡，石橋附近，住著一個愛賭的某甲。他的老婆相貌很漂亮，而性情非常兇悍。每逢他賭輸了，她就要罵。昨夜他贏了十塊大洋，本想回家了，為欲格外討好他的老婆，想多贏些，繼續賭了幾盤，贏的十元統統吐出，反而輸了五塊大洋。為此，他的老婆今天一直罵人，罵得他坐立不安。晚上他對老婆說：「不要罵了，等我去撈回來吧！」說著就匆匆出門，意欲到賭友某乙家去討些舊欠來作賭本。他走過石橋，踏上那塊蹺角石頭。「各東」一響，使他的眼睛望腳下看。但見一件小東西，在月亮底下閃閃發光。伸手拾起一看，原來是一把精美的小刀。他想想這小小的利益也許是今天賭風順的預兆，拿了小刀，滿心歡喜地走向某乙家去。

到了某乙家的門口，聽見屋裡也有罵聲。推門進去，看見某乙坐在一張破桌子旁，一面吃酒，一面敲桌子，一面罵人。他的兒子把背脊靠在柱上，在那裡旁觀。某乙看見某甲進來，罵聲越響：「那老畜生！欠了他三塊六角的利息，搬了老子的八仙桌和眠床，外加拿了一把錫酒壺去！你當心些，總有一天落在你老子手裡！」某甲在他旁邊的板凳上坐下，暫把小刀在桌子邊上一放，先問他動怒的情由。才知道本地盤剝重利的財主，為了某乙欠他利息未清，今天乘他不在家時，派人來搬了他的東西去，外加他又賭輸了錢。他賒了兩斤酒來，吃個爛醉，罵個痛快，想消心頭之氣。

某甲正碰在他的懊惱頭上，但他的使命也很重要，不得不開口：「不瞞你老兄說：我今天來，想你幫我一臂之力。家裡的雌老虎鬧得天翻地覆，今天非撈一點回去，不好過日子了。可是一雙空手，怎麼撈法呢？你該

我的已有十多塊錢，今天不拘多少，請你付我一點，總算你救我的急，千萬勿卻！」某乙聽畢，眼球瞪出了大半個，敲一記桌子，厲聲罵道：「見你的鬼！老子的家都被賊抄空了，你還想我還賭錢？發昏！」說著，順手用食指向某甲額上一指。某甲幾乎從板凳上翻了下來。幸而一手扳住了桌子的破洞，沒有翻下。但這一氣非同小可，他卷起袖子，也敲了一記桌子，罵道：「你吃了對

門謝隔壁？他們抄你的家，不關我事；你欠了我錢，不許我討？你才是發昏！」也用手指還他一指，兩人就打起架來。你一拳，我一掌，越打越凶，終於滾倒在桌子旁邊的地上。

放在桌邊上的那把小刀，當他們談話時已被某乙的孩子好奇地打開，這時候桌子被他們猛力一撞，恰好落在某乙手旁的地上，映著油燈光閃閃發亮。某乙被壓在某甲底下，不得翻身，正愁手無寸鐵，瞥見這亮閃閃的小傢伙，就順手取來，向某甲的喉頭亂刺。德國製的小洋刀原是極鋒利的，外加某乙受足了氣吃飽了酒，使得更加用勁。沒有幾刀，某甲的喉管已被完全割斷，仰臥在地上奄奄待斃了。某乙爬起身來，定神一看，知道已闖大禍，酒醉嚇醒了一半。正想設法救治，某甲已經斷氣。他禁止孩子聲張，悄悄地出去閂上了門。回來用冷水洗了一個面，對著屍體呆看，看了一會，計上心來。他熄滅了室內的油燈，拉著他的孩子到草柴堆裡去睡覺了。

睡到半夜，他獨自悄悄起身，拾了小刀，背了屍體，開門就走。朦朧的月光照著這一對賭友，一直照到財主家的後牆內。然後悄悄歸家，掃淨了地上的血跡，整理了屋裡的紛亂，再到草柴堆裡去睡覺。

明天，這小鎮上發生了大事件：財主家的後門發見一個死屍，經鄰人報告公安局，派員警來查，驗明死者確是石橋頭的某甲。屍妻趕到，抱了屍身大哭，又披頭散髮地闖進財主家中，要撞死在他們的廊柱上。許多旁人前來勸阻。昨天吃了財主虧的屍友某乙，此時從人叢中擠出，對屍妻說：「你撞死了有什麼用？我幫你去告狀，釘沒他一家，也替你丈夫出口氣！」屍妻覺悟了，收淚出門，央某乙同去告官。財主數十年來以重利放債起家，個性又吝嗇兇狠，本鎮沒有一個人不吃他的虧，沒有一個人不怨恨他。某乙替甲妻做的訴狀，誣告財

主要得她為妾，故將其夫設計殺死。訴狀上蓋了本鎮許多商店的印子，這訴訟變成了公訴。縣官親來驗屍，於財主家後庭中搜得德國製小洋刀一把，與某甲喉頭的傷痕相符，而且刀上還有血痕。財主是地方紳士，曾擔任許多公務。這時候又有許多人提出訴訟，告他吞沒公款。兩件案子歸併在他一身，而且都有實據。於是財主就定罪下獄，財產全部充公。他家裡只有一個老妻。這老妻氣憤成疾，一命嗚呼。僮僕紛紛散去，只有一個老家人不忘舊主，常到獄中去問省。

財主下獄後，聞得家產充公和老妻病死的消息，氣得死去活來。他有足赤金條十大甕，密藏在住宅後院落中，梧桐樹旁邊的地窖裡。這件事除了他的老妻以外，世間沒有第三個人知道。現在他的住宅雖已充公，這地窖一定無人想到。他有一個唯一的摯友，住在外埠。他想寫封信給他，密囑他設法取出藏金，並為他向最高法庭訴冤，務求水落石出，回復自由。他託禁子買了紙筆，在獄中寫了一封長信。恐怕被官家查出，不敢交託禁子去寄。他暫時把信放在貼身的熟羅短衫的袋中，想等那老家人來探監牢時，託他付郵。

不料這一天晚上，財主在獄中生起病來。起初神思昏迷，繼而目瞪口呆，後來人事不省。五更未到，一命嗚呼。官家驗明財主委係在獄病死，而且無人領屍，就給他收斂，把棺材停放在城外的義塚上。當他的棺材抬到義塚上時，跟著看的閒人很多。大家說著：「看哪！財主進牢洞，困施棺材，上義塚去了！」一聲調中帶著復仇的歡喜。有一個拾荒的，這時正在義塚旁邊捉狗屎[3]，眼看見財主的棺材被放在義塚的一角上，頓時起了念頭。他原是無所不為的人，不得已時，也曾做過開棺盜屍的勾當。財主的家產雖然不曾帶進棺材裡，但他在獄中時所穿的一套衣裳，想來也比

別人的壽衣高貴得多。今夜倘弄得到手，足夠他坐吃一兩個月，其間無須再捉這牢什子的狗屎了。

是夜月色朦朧，拾荒的身懷鐵器，偷偷地來到義塚的一角，密訪財主於施棺材中。那松板做的蓋不消費力，已經隨手而開。天氣還不很熱，財主的屍體還不很爛，不過稍有些兒鹹蘞氣味。他從腰裡解下一根繩來，一端縛住了財主的頭頸，一端穿過近旁的樹枝，從樹的那面把繩死命地拉。拉了好久，

財主的屍體已被拉出棺材，掛在樹上。他把繩頭拴在另一樹上，然後走近屍體，從容地卸下他的衣裳。馬褂一件，袍子一件，夾衣一件，夾褲一件，襯裡羅衫一件，鞋子一雙。他似乎知道財主死了也要面子，獨不取他那條襯裡褲子。他把棺材拖將過來，接住財主的腳。然後把繩頭一放，屍體就倒在棺中。他把松板蓋上，挾了衣裳悄悄回家。

次日，拾荒的起身很遲，悄悄出門，把衣裳設法

變賣，獨留一件熟羅襯衫在床腳底下不拿出去。因為這上面有著血跡和鹹鰲氣，一時變不來錢。然而變來的錢已經超過他的預期了。他擱置了拾荒的工具，過了許多日子的享樂生活。最後，他不得不想起床底下的熟羅襯衫來。他拉出來一看，黴天的潮氣已經使它變成發黑。這黑色卻遮掩了血跡，又消滅了鹹鰲氣。他向隔壁人家借一隻腳桶，吊滿井水，就在井邊洗濯這發黑的羅衫。這裡本是很冷僻的場所，況且又在很早的清晨，在他看來實同自己家裡的祕密室一樣。他洗了一會，發現衣裳裡有一封信。他素不識字，即使很清楚的信放在他的眼前，在他看來也同螞蟻一樣沒有意思；何況這信已經濡濕，模糊不清呢！他拿來團一團攏，丟在井邊的牆角裡。然後趕緊完成他的洗濯工作，準備去換錢。後事如何，暫且不表。

卻說這國家，同現今的阿比西尼亞相似，當時正受一個強敵的壓迫。國土的一半已經陷入敵人之手，這小鎮亦在被陷之列。大凡侵略者奪人國土，往往用一種無形的壓迫手段，使當地的愚民不但不覺苦痛，反而覺得舒服。像這回的懲戒財主，大快人心，便是這種手段之一。當時地方上人大家稱讚新政府的清明，忘記了祖國。只有一位愛國志士獨自憤慨，不願為亡國奴，寧願為祖國鬼。他結合全國的志士，密圖恢復。處心積慮，已非一日。他最近的工作，就是假裝收字紙的，

敬惜
字紙
TK

擔著兩隻「敬惜字紙」的大籠，在市內巡行，藉以暗察敵方的情形。

這一天他照例挑了「敬惜字紙」的擔，拿了一把竹夾，出門閒行。他走過拾荒者所住的弄口，原定不進這寂寞的地方去，恰巧望見弄內一個樓窗裡飛下一張廢紙來。為了假裝盡職，他就踱進弄去。那紙飄了一會，停落在井旁的牆角裡。他走近一看，原來是一張包花生米的報紙，就把它挾入籠

中。同時他的眼睛注意到牆角裡另有一團字紙。挾起一看，這是一封曾被打濕，團皺，而現在晒乾了的信。並且上面粘著未蓋印的郵票，明明是欲寄而未發的。

他小心地把信殼揭開，但見頭上這樣寫著：

「我遭此不白之冤，命在旦夕。能救我者，惟有老兄……」這幾句開場白引起了他的絕大的注意。他把信藏入袋裡，轉身就走。回到家裡，仔細閱讀這信，才知這是最近死在獄中的財主的祕密信，不知緣何被打濕，團皺，而落在井旁的牆角裡。他的思想一時混亂，最後就決定要取那信上所說的十甕金條。因為他想：如信上所說，這筆藏金除了財主主婦二人以外，世間沒有第三人知道。那麼，現在二人皆死，此信未發，世間知道這藏金的人，就只有他一人了。若說已有識者先看此信，決不會把它拋在路上。故這希望是十分確實的。他又想：「國家大事，正需要財力。我們所以未敢發動者，正為經濟能力薄弱之緣故。我不想得此財產而作富翁，但想借此助力以恢復祖國的主權。」

他立刻去訪藏金的屋，看見門口貼著「招租」。他立刻租了，召集四方的同志來住。一星期後，藏金已被如數發掘。一個月後，他的義勇軍集了數萬。二個月後，他們的國土完全恢復。三個月後，這愛國青年不但驅盡了外侮，又整理了

召
租

內政。這國家從此成了一個強盛而公正的模範國，為全世界所景仰。其流風善政，頗有引導世界趨向和平大同的力量。這便是貓叫一聲的結果。

因為：這大功的告成由於發掘藏金；發掘藏金由於愛國青年的拾信；拾信由於拾荒者的棄信；棄信由於盜屍；盜屍由於財主的死獄；死獄由於某乙的誣告；誣告由於某甲的被誤殺；誤殺由於某甲的拾刀；拾刀由於鄉下人的

失刀；失刀由於得刀；得刀由於二男的忘刀；忘刀由於發見香煙畫片；發見香煙畫片由於拾鞋；拾鞋由於鞋的太大；鞋的太大由於伯伯的吐痰；吐痰由於找眼鏡；找眼鏡，是為了老媽子用書蓋住了眼鏡的緣故；用書蓋住眼鏡，是為了眼鏡上有了老鼠所遺棄的酥糖包紙的緣故；老鼠把酥糖包紙遺棄在眼鏡上，是為了貓叫一聲的緣故。至於貓為什麼叫，開篇已經說過，是不知為什麼了！

這輾轉相生的因果，好像一條曲折的河流。在這河流的旁邊，還有無數複雜的支流，一條都少不得。倘少了一條，就流不到現在所流到的地方。舉最顯明的例來說：伯伯倘不吃酥糖，老鼠也不會把酥糖包紙遺棄在眼鏡上；以後的事就不會發生。其次，伯伯的書倘不翻落地上，老媽子也不會用書遮掩眼鏡；以後的事也就不會發生。其餘的例統統如此：伯伯的眼睛倘近得不厲害，也不會找眼鏡；二男倘不走草地，鞋子上也不會受痰；火車裡赴便所的人倘不肥大，二男也不會俯身拾鞋；二男對面的旅客不請人吸香煙，二男拾了鞋也不會忘了小刀；鄉下人乘火車倘不遲到，也不會拾到小刀；他的袋裡倘不放花生米，也不會被老鼠咬洞而失落小刀；某甲倘不賭輸，也不會拾到小刀；某乙的孩子倘不把小刀打開，某甲也不會被殺；財主倘沒有種種惡行，也不會被人誣告；財主倘不是養尊處優，也不會死在獄中；拾荒的倘識字，也不會拋棄那封信。那時這筆藏金將被別人所得：或者被比這愛國者更好的人所得，而建更大的功勳；或者被比那財主更壞的人所得，而禍國殃民，皆不可得而知了。

（一九四七年九月，上海萬葉書店曾出版《貓叫一聲》（「萬葉兒童文庫」之一），但作者手抄稿上的書名為《貓叫一聲的結果》。）

注①：按作者家鄉方言，晚上睡覺時留著燈火不熄，叫停火。放該燈的桌子即停火桌。
注②：舊時火車車廂中的座位是直排的，即兩旁靠窗各一長排，中間背靠背兩長排。

注③：捉狗屎，作者家鄉話，意即撿狗屎（作肥料）。

姚晏大醫師

從前，在一個城市裡，有一家報館。這報館每日出一張大報，所記載的新聞，一向非常公正，非常確實，全城的民眾都愛讀，而且信賴。

有一天，報館的編輯，接到某一市民的一封信，信裡面說：

近來民國路一帶的小孩子，發生了一種很可怕的病。這病的來勢很輕微，不易注目；但日子長久了，不可救藥，心碎腸斷而死。染到這病的人，口中多唾液，常常想吐口水，或者背脊上發癢，常常想搔。或者手拿了東西容易發抖。病的時候，就是這三件事，此外一點也看不出。但日久以後，其人忽然心痛，肚痛，痛不可當，終於心碎腸斷而死。該處門牌某號某姓家等，已有兒童患此病而死者兩人，傳染此病而未死者不少。因為病的徵候輕微，不易注目，故病者忽略求醫。即使求醫，醫生亦看不出病，沒有藥可給他。這事對於公眾衛生，禍害甚大，為此函請報館，將這事在報上公布，使市民大家注意，當局設法防止。

編者看了信，一想，這決不是造謠，造這謠有什麼好處呢？況且即使不確，關於公眾衛生的事，預防越周到越好。有則趕快醫治，無則豈不頂好！他就把這信在報上發表了。

民國路一帶的市民，看了這新聞，大為驚駭。有幾個人特地到某號某姓家去問。果然，數日前有兩小孩患急病而死，死得很慘，很快，醫生也說不出是什麼病。問他們的家人，「死前是否有上述三種徵候？」家人們回想一下，都說「似乎對的」。有幾個女人驚愕地說：「我原覺得奇怪，為什麼這孩子常常吐饞唾①。」有的說：「我似乎記得，他睡著時常常轉側不安。」

又有的說：「這孩子拿碗時，手似乎的確有點發抖。」於是一傳二，二傳三，不到一日，街上的人個個知道，大家不知道這叫什麼病，就稱它做「心病」。

大家恐怕傳染這心病，懼怕得很。這街上最熱鬧的地方，有一家姓哀的人家，兄弟三個，都在學校上學。父母親鍾愛他們，天天用包車送上學，用包車接回家。他們聽到有可怕的傳染病，便叫三兒停學，把他們關在家裡，不准出門。父母的意思，讀書事小，性命事大。三兒的性情都像父母，個個同意，情願犧牲學業。

心病

哀先生和哀太太都是膽小的，時時刻刻地留心，查看三兒的舉動。有一次看見大男吐一朵口涎，便大驚失色，扼開他的嘴來查看，是否唾液過多。又有一次看見二男拿木手插進衣領裡，在背脊上搔癢，又大驚失色，脫開他的衣服來查看，背上有否異樣。又有一次，看見七歲的三男提起茶壺來倒茶，抖抖曳曳的，又大驚失色，便教他試拿種種東西，是否規定要抖。一天之內，要查問數次，察看數次。母親和父親，一天到晚眉頭緊皺，提心吊膽。外面來一個人，父母兩人首先便問「心病是否蔓延？」回答多數是有，「某家的小姑娘傳染了，兩手抖得厲害」，「某家的男孩子也傳染了，一天到晚搔癢」，「某家的嬰兒也傳染了，一天到晚流口水」。……這種消息，報上也天天登載。

大男、二男和三男，自己也著急。吐出一朵口涎，好似吐出一口血，嚇了一跳。舌頭連忙在嘴裡打滾，看看還有唾液生出來沒有。果然又生出唾液來，又吐了一朵。於是悲觀起來，疑心自己確已染上「心病」。背脊上呢，感覺更是異樣，似乎常常有蚤蟲在爬，爬到後來咬你一口，就癢起來，不得不彎過手去抓。越抓越癢，越癢越抓，於是又悲觀起來，疑心自己確已染上「心病」。手拿東西呢，拼命用勁，防它發抖。越是用勁，越是要抖。悲觀和疑心，一天一天的大起來。後來，三個孩子都躺在床上，不能起身，變成正式的心病患者了。遠近知道這事，宣傳開去，報上也登出來，「民國路某號哀姓家三男孩，同時患心病，起初出口水，背脊癢，兩手發抖。近來病勢加重，臥床不起，醫生皆束手。」第二天，第三天，同類的消息陸續登出，眼見得病勢蔓延，全城充滿了恐怖的空氣。政府當局，召集全城中西醫生，開會討論。醫生們毫無辦法，大家說，從來沒有見過這種病，實在沒有藥可醫。有幾個醫生，家裡也有子女患這種病，都在那裡等死呢。

有一天，救星到了。報上登出大字廣告來：「姚晏大醫師專治心病」，下面小字說：「本醫師親赴四川峨嵋山，採取靈藥，專治心病，保證痊癒，不靈還洋。」

遠近病家，聞知這消息，爭先恐後，來請教這姚醫生。姚醫生看病不須按脈，但用兩拳將病人全身敲打，好像剃頭人的敲背。敲過之後，給你一點藥，嗅入鼻孔，打了無數的噴嚏。然後給藥三包，收費三十元。病人走出姚醫生的診所，似乎覺得病已霍然。回家去吃了一包藥，果然口裡唾液減少了；再吃一包藥，背脊上也不癢了；吃過第三包藥，手也不抖了，病完全好了。

哀先生和哀太太，用小包車載了三男孩，來請姚晏醫生診病。每人被敲了一頓，打了無數的噴嚏，拿了九包藥，付了九十塊錢。回到家裡病已好了一半。各人吃完三包藥，就變成了健康的孩子，依舊上學去了。不消多天，滿城的病人個個痊癒，「心病」從此絕跡。政府當局，褒獎姚晏醫生的功勞，想聘他做市立醫院的院長。全城的醫師佩服姚晏醫師的妙技，想推他做公會的會長。哀先生哀太太感謝姚晏醫師的再造之恩，想替他上一塊匾。但他們去訪問姚晏醫師時，看見屋中空空如也，並無一人。問鄰近的人，方才知道姚醫生昨夜遷出，不知去向了。追問過去，鄰人們說，這醫生租住這屋，一共不過半個月，不知從何處來，也不知向何處去。大家驚詫得很。有的人說：恐怕這是峨嵋山的修道者，下山來救我們的？有的人說：恐怕這是天上的仙人，下凡來救我們的？又有人懷疑：這很像是一個騙子。因為姚晏醫生這幾天之內，收了上千上萬的錢。但他的確醫好了無數人的病，又不能說是騙子。究竟這是怎麼一回事呢？新聞記者們大傷腦筋，弄得莫名其妙。

姚晏醫生突然失蹤之後，滿城議論紛紛。大家說這醫生來得神祕。又有人說，這「心病」也來得神祕。曾經患病的人聽了這些話，覺得自己從前所患的病，的確神祕；到底是不是一種病，還是問題。哀先生從茶樓上聽到這種消息和議論，回家來對太太和三男兒說了，三男兒也都懷疑。大男說：「我現在只要心裡想口水，口中也會生水。」二男說：「對啦，我現在只要疑心背上癢，果真會癢起來。」三男更直率，他說：「我的手拿重的東西，本來要抖，現在也要抖，你看！」他就拿起一方硯子來，當場表演。果然兩手抖抖曳曳，同從前患病時一樣。三男又說：「我實在沒有病，因為二哥說病了，我也病了。」大男說：「我實在也沒有病，因為爸爸媽媽說我病，我就病了。」哀先生說：「我因為看見別家的孩子都患病，所以怕你們病呀！」三男說：「我只吃一包藥呢。我覺得自己已經好了，我就懶得吃了。」他就把偷藏在袋裡的兩包藥拿出來。哀先生打開藥包來看，見的是白色的粉末，他就包好了，藏在自己袋裡。

第二天袁先生上茶樓，茶桌上都在討論「心病」和「姚晏大醫師」的事。大家細心研究，懷疑沒有這病，都是謠言造成。袁先生就把三男兒的話講出來，又拿出兩包藥來供大眾研究。座上一位醫生，立刻拿去化驗。回來報告，這兩包都是蘇打粉！飯後吃了助消化的蘇打粉！這消息傳播開去，曾經患病的人聽見了，細心研究，發覺是心理作用——吐口涎、身發癢、手發抖，都會因為疑心而加劇的。原來是上當啦！報館的記者聽見了，要知道他的究竟，就回到報館裡，找出第一次寄來的新聞的原稿來，又找出姚晏醫生的廣告的原稿來。兩下一對，筆跡相同，所用的紙也相同。於是恍然大悟，這原來是一個人造成的騙局！無風起浪，使得許多孩子冤枉生病，許多家長冤枉操心，又冤枉花錢。姚晏大醫師原來是個謠言大家！原來是個騙子！

（本篇原載《兒童故事》一九四八年一月第二卷第一期）

注①：饞唾，作者家鄉話，意即唾液。

鬥火車龍頭

這是我小時候聽人講的故事。三十多年前的事，現在講給小朋友們聽。

火車龍頭，其實應該稱為「機關車」。那時的中國人對龍有興味，曾把郵票稱為龍頭，又把機關車稱為龍頭。現在我講的是鬥，稱為龍頭，有趣一點。火車龍頭，是鋼鐵製造的一架大機器，我想多數小朋友是見過的；即使沒有見過，在常識書中，一定是大家讀到過，而且大約知道其構造和作用的。

話說：某大都市鐵道輻輳，比我們的上海複雜得多。他們所用的龍頭，也比我們多得多。有一年，鐵路局裡的人發現有四個火車龍頭用得太久，已經很舊；再用幾個月，就不能用了。龍頭雖然用鋼鐵製成，但天下沒有不壞的物質，龍頭用得太久了，壽命也會告終的。鐵路局就須得另造四個新龍頭來代替它們。但是，造新龍頭工本浩大。鐵路局覺得有點肉痛。他們就用心思，動腦筋，希望不費一文，而拿四個舊龍頭去調換四個新龍頭；最好呢，調換之後再倒貼一筆錢。他們真是死要便宜。

但是小朋友們不要笑，他們死要便宜，果然能夠達到目的。非但四個舊龍頭換得四個新龍頭，又賺了一筆錢；卻又不是偷來的，不是搶來的。你們想，用什麼方法得來？其方法便是「鬥火車龍頭」，這真是挖空了心思而想出來的玩意兒。

他們在郊外選一塊廣大的空地。在這空地上，臨時造起鐵路來。鐵路長六十里。在六十里的中點的軌道兩旁，臨時搭起竹籬笆來。竹籬笆是圓形的，把鐵路圈在裡頭。也就是鐵路穿過這圓形，成了這圓形的直徑。竹籬笆很大，其直徑大約有兩里長。這場子的情狀，小朋友們大約可以想像：就是六十里的鐵軌的正中央，造一個直徑兩里的圓竹籬，其直徑上造著鐵軌，鐵軌的兩端，各自圓外延長二十九里。因為鐵軌的共長為六十里。

於是在圓籬笆內，鐵軌兩旁，離開鐵軌兩旁各半里的地方，用繩索攔成界線。表明界線以內，看客不可進去。再去借些木梢木板來，在竹籬和界線之間，臨時造起幾排長凳來。後面一排最高，前面的幾排逐漸減低，好像馬戲場內的座位。不過坐在這座位上看的，不是馬戲，而是鬥火車龍頭。

於是大登廣告。標題：

請看鬥火車龍頭！

轟轟烈烈，天下偉觀！

破天荒大表演！

廣告裡詳細說道：火車龍頭，有世間最大的力，可抵七萬匹馬力。因此，又有世間最高的速度，開足速率時，每秒鐘可行○○里。故火車，一方面使交通便利，為人類造福；另一方面危險性極大，非當心管理不可。因此，鐵路各站，對於行車，管理非常認真。一不小心，設有兩車互撞，一定死傷許多人命，毀壞許多物資，其結果之殘慘，不可想像。

但人類是萬物之靈，既有偉大的創造力來創造火車，又有偉大的好奇心，想要看看火車互撞而不殘慘的奇景。為滿足人類這好奇心起見，本局不惜工本，情願犧牲四個火車龍頭。並且在郊外某處特闢車場，鋪設鐵軌六十里，專為表演鬥車。今定於某月某日，星期日，下午二時，在該場舉行。四個龍頭，分兩次表演。兩龍頭相隔六十里，開足最大速率，相對而來，在場的中央互相猛撞。一剎那間，轟聲震地，山鳴谷應；火光燭天，煙氣沖霄。真是轟轟烈烈的天下奇觀，破天荒的大表演。同時經物理專家仔細研究，對看客保證絕無危險。今世科學昌明，機械萬能！機械的建設力偉大，早為吾人所目睹；而機械破壞力的偉大，世人實難得看到。欲廣眼界，請到〇〇處預購入場券，每位五元，可看兩次鬥車。座位無多，欲購從速，萬勿坐失良機！

那時那地方的五元，大約與中國抗戰前的五元相近。照現在物價指數五萬倍算，就是廿五萬元一看。梅蘭芳演戲，票子賣到五十萬，一百萬，外加買不到票，有人出加倍錢買黑市票。倘使現在有鬥火車龍頭，肯出廿五萬元看一看的人，一定也很多。況且那時那地方的人的生活比我們安定得多，誰都拿得出五塊錢。所以這廣告登出之後，買票的人非常擁擠。十個人五十元，一百個人有五百元，一千個人有五千元，一萬個人有五萬元。十萬個人有五十萬元。那場子很大，能容不止十萬人！鐵路局的收入，也不止五十萬，那時的五十萬，照物價指數五萬倍算，就是現在的二百五十億。造龍頭工本雖然浩大，四個龍頭總要不到二百五十億。造了四個新龍頭，鐵路局還有很多錢可賺。

這表演，我雖然沒有親眼看見，但聽人說，的確是很好看的。那天下午，人山人海，手持入場券擠進竹籬笆的入口去，霎時間把場中的座位都占滿。四個舊火車龍頭，遠遠地放在六十里鐵軌的兩端，起初是看不到的。龍頭裡的煤，特別加得足，好比給處死刑的犯人吃最後一餐酒肉，特別豐富。煤燃透了，火力大極了。司機走下龍頭來，等候發車。沿著六十里軌道，臨時裝著電話。軌道兩端的司機，隨時可與軌道中央籬笆內鬥車場上的司令部通電話。兩端的龍頭都已準備，司令部就用電話接洽，以炮聲為號，叫兩個龍頭同時出發。「砰」的一炮，兩個司機就將預先布置的機關開動，司機不必在車頭內，車頭自己會開出了。從出發到相遇，有三十里之遙。這龍頭由於特別裝置，會越開越快起來。走第一個十里時，已經比尋常載客的特別快車快得多了；走第二個十里時，又快一倍。場內觀眾萬頭攢動，遙見兩個龍頭相向而來的時候，其速度實在異乎尋常。

從觀眾望見龍頭，到雙龍相鬥，其間不過二三十秒鐘！忽然霹靂一聲，驚心動魄！但見火光一團，五色繽紛，驚地動天，滿天煙霧迷漫，金光閃爍，好比放一個極大的萬花筒；又好比照片上見到的原子彈爆炸。真是天下之偉觀！天空中的煙霧，據說要過二十分鐘方才散盡。天空散下來的，都只是細小的碎片，沒有整塊的鐵；更找不到輪盤、螺旋等機件的痕跡。這兩個龍頭真是粉身碎骨，化作灰塵！這衝擊的猛烈，實在使人不能想像！

這樣表演兩次。十萬觀眾緊張兩次，興奮兩次，拍手歡呼兩次；然後帶了滿足的心情和歡樂的疲勞，而緩緩地回家去。次日，鐵路局把這鐵軌和鬥車場拆去，拿了大筆的收入，去造四個新的火車龍頭。

（本篇原載《兒童故事》一九四八年二月第二卷第二期）

騙子

這回講一個騙子的故事給小朋友們聽。騙子是下流人。但我講的騙子，表面上是上流人，實際上卻是做騙子的。你們將來長大了，到社會裡做人，說不定會碰到這樣的壞人。大家留心，不要受他的騙。

我所講的騙子，是一個當地有名的大畫家。事情是這樣：

有一處地方，很大的城市裡，有一個富翁。他家裡錢很多。但他從小不曾讀書，他的家財，是做生意運氣好而賺來的。他既然不讀書，便無知識。但他有很多的錢，一定要裝作有知識的富翁，好在別人面前作威風。他便拿出一大筆錢來，造大房子。他的房子非常高大，非常講究，同王宮差不多。房子裡面的設備，更是富麗堂皇。紅木的桌子椅子、大理石的屏風、高貴的地氈、畫棟、雕梁、朱欄、長廊，無所不有。只是缺少一樣東西：堂前最好掛一幅名筆的古畫，這才古色古香，高雅之極了。他的房子非常之高大，堂前的古畫，必須要八尺長的中堂。小的畫就不配掛。於是他到處託人，找求這幅八尺長的名筆的古畫。

話說當地有個大畫家。他的名氣非常之大，不但本地人知道，外埠的人也都仰慕他，常有人遠道而來，拿很多的錢送他，求他作畫的。這大畫家很有研究，他看見過許多古畫，明朝的、元朝的、宋朝的、甚至唐朝的古畫，他都見過，家中還藏著不少古畫。因此他學得古人的畫法，畫出來的非常古雅，有人稱讚他說：「畫法直追古人。」一凡是愛好古畫的人，要買一幅古畫，一定去請他看定，是真是假。他說真，人就買了。他說假，人就不要買了。人們對他的「法眼」，是十分信仰的。

富翁到處託人訪求八尺長的名筆的古畫。有一天，有一個「掮客」，果然替他找到了一幅。（掮客，就是代人買賣的人。譬如我有古畫想賣掉，就託掮客去找買的人。賣脫之後，譬如賣一百萬塊錢，我就拿出十萬或廿萬來送給掮客，酬謝他的辛苦。）這一天，這掮客替富翁找到的，是一幅八大山人畫的八尺大中堂。「八大山人」這名字，小朋友們也許在茶碗、花瓶等瓷器上面看見過。這是清朝初年的人，姓朱，名字很奇怪，「大」字底下一個「耳」字，即「耷」，讀作「答」。他原是明朝皇帝的本家，所以姓朱。後來明朝亡了，他做了和尚。他這和尚，專門吃酒，作畫。他的別名叫做「八大山人」。他的畫粗枝大葉，筆力非常強大，氣勢非常雄渾。當時就很有名，死後名氣更大。他的遺作變成了寶貝，賣得非常之貴。有錢的人都想收藏，當作傳家之寶。燒窯的人也知道他名氣大，在碗上，花瓶上畫畫的時候，借用他的大名，寫「八大山人」四字，假作這碗上、花瓶上的畫是大名鼎鼎的「八大山人」畫的。這明明是假的。我看一半是為了「八大山人」這幾個字筆劃簡單，都是兩筆，三筆的，寫起來容易，所以燒窯的人愛借用他。

這些閒話不必多說。且講那一天，那掮客拿了八大山人八尺大中堂去給富翁看，說：「這是中國最有名的大畫家的真筆，我好容易從某縣某姓人家訪來的。」富翁毫無知識，對畫更看不懂。他哪裡曉得「八大山人」，「七大山人」呢？他一看，果然紙色黃焦焦，筆致很粗大的一幅古畫，便問價錢多少。掮客說：「八大山人的東西，因為年代太古了，世界上流傳的已經不多。小小的一幅，也要一兩億，（那時的價錢數目，我已經忘記了，現在假定這數目，是照最近物價。）這幅八尺大中堂，更加難得，至少需價四億元，不能再少了。」富翁有的是金條，四億元也不在乎。但他也不肯上當，要查一查這畫是真筆還是假造的。他自己沒有眼睛，要請別人看。他說：「放在這裡，等我去請大畫家看一看。若是假的，我不

要；若是真的，就出四億元同你買。」掮客高興得很，連連點頭，說：「很好，很好，請大畫家看，再好沒有。他說真便真，假便假，是不會錯的。」掮客就把畫交給富翁。

富翁辦了一桌酒，請大畫家來吃，同時請他鑒定這幅八大山人的畫。畫家果然到了。酒筵非常豐盛，主人非常客氣。吃到半酣，主人立起身來，雙手一拱，對大畫家說：「今天大畫家光臨，小弟有一幅八大山人的古畫要法眼鑒別，是真是假。這是別人拿來賣的。若是真筆，便可收買。

費心了！」大畫家滿口答允：「便當，便當！八大山人的畫，兄弟見過不知多少，家裡收藏的也不少。是真是假，一看就可看出，容易得很，便當，便當！」於是畫家叫兩個二爺①，把畫掛起來。大畫家戴上眼鏡，站起身來，先立在遠處一望，再走近去看各部，再退回遠處，向畫一望。他就哈哈大笑，連忙回到他的座位裡去，喝他的酒。富翁問：「怎麼樣？怎麼樣？」大畫家不說話，只是哈哈大笑。富翁再問：「到底是真的，是假的？」大畫家搖搖頭，乾脆地說：「假！假！假之至了！這不必細看，一望而知是假的！買不得，買不得。」他又哈哈大笑，喝酒，大說八大山人的真筆的好處。他的話都是專門的術語，都是有古典的。富翁張大了嘴巴靜聽，一點也不懂，只懂得「這畫是假的」一句話。他決定不買這假畫。他向大畫家表示感謝：「虧得法眼鑑定！不然，我大上其當了。」吃過之後，大畫家就告辭，富翁送到門口，千謝萬謝。

第二天，掮客來了。富翁把畫交還他，決然地對他說：「這畫我不要。大畫家說是假的。你拿回去吧！」掮客嚇了一跳，詫異地說：「怎麼是假的？大畫家怎麼會說假的？你老人家不要開玩笑！」富翁說：「誰同你開玩笑。假的硬是假的，不要硬是不要。你不相信，去問大畫家就是了。」富翁說過就回進內房去。

掮客只好掮了那幅八尺長的八大山人大中堂，垂頭喪氣地回去。

這回富翁雖然靠了大畫家的指點而沒有上當，但畫始終沒有買到，大廳的壁上仍是空蕩蕩的。他總想買到一幅真的。他又到處託人，定要訪到一幅八尺長的名筆的古畫。但是，古畫一定要名筆的，而且要八尺的，實在很難得。過了個把月，他仍未買到畫。他想：「還是再叫那個掮客來問問看。他那幅雖然是假的，但也許還有真的。別人連假的都沒有拿來，萬一沒有真的，我就暫時買了那幅假的，掛掛再說。價錢要打大折扣。」於是他又派人去叫掮客來。掮客來了，他問：「我要真的古代名人的大畫，你有沒有辦到？」掮客說：「老爺，這樣大的古代名畫，我其實辦不到了。我只有那天辦到的那一幅。」富翁說：「那天的那一幅現在還在嗎？你真個辦不到，就是那一幅假畫吧；不過價錢要打大折扣。」掮客說：「老爺，沒有了！那天的那一幅，你說不要，早已被別人買去了！」富翁說：「哦！哪個買去的？出多少錢？」掮客說：「是大畫家買去的，出四億元，一個少不得呀！他說這是真的，他並沒有對你老人家說這是假的。你老人家被欺騙了！」掮客表示憤慨而得意的樣子，又說：「那幅畫賣四億，我到手四千萬，有得用了，不想再做生意了。你老人家託別人去找吧！」說過，轉身就走。富翁想了一想，一把拉住他，說：「不行，他欺騙我了！他明明對我說是假的，勸我切不可買；原來是他自己要買！他用欺騙手段來搶我的古董！不行，不行，我定要收回那幅畫來。你替我去拿回來，我多給些錢你亦可。不然我要同他打官司！」掮客驚詫地說：「原來如此？是他要搶買你老人家的？我一定去說，不過他既已買去，能不能拿回來，我不敢負責。」掮客匆匆地去了。富翁憤憤地走進內房，口中自言自語：「真真豈有此理，這傢伙搶我的寶貝。我非取回不可。我有的是錢！」他老人家氣得發昏了。

第二天掮客又來了。講了一大套話：「昨天我從這裡走出，立刻去向大畫家說，要贖回畫來。豈知他對我說：『我是出四億元買來的！他不要買，我買了。我並不犯法，有什麼官司好打？』我說：『你騙他這是假畫，所以他不買。你就搶買了去。這明明是欺騙罪。如果打官司，你名譽損失。我勸你還是讓給他買吧。』我說過後，他臉上有點兒紅。遲疑了一會，被我逼不過了，他才對我說：『他要買，拿出八億元來，我賣給他。少一個我不肯賣，讓他同我打官司吧。』我再三辯解，要他照原價賣給你，他無論如何也不肯，說了許多『打官司吧』。我看，真個打起官司來，你老人家不見得贏。因為他騙你是沒有憑據的，誰叫你相信他的話呢？

況且為一張畫打官司，也不好聽。我看，你老人家是大富翁，只要畫是真的，多出三四億元不在乎此。就出八億買它回來吧。」富翁聽了這一大套話，覺得有理，就出八億元向大畫家買了那幅八大山人的八尺大中堂。又賞了掮客二千萬元。

故事好像完結了，其實還沒有，小朋友們，以為我講的騙子故事就是用欺騙手段搶買一幅古畫這件事麼？不然！不然！騙子的故事還在下文呢。原來這幅畫是大畫家假造的。大畫家看過許多古畫，他手法很巧，能夠照樣畫一幅來冒充古畫。起初，富翁託掮客訪求八尺長的有名的古畫時，掮客就去告訴大畫家。大畫家就用一張八尺長的舊紙來假造古畫。造好了，叫掮客拿去。富翁請客時，大畫家故意哈哈大笑，說是假的，勸他切不可買。次日富翁把畫退回掮客，說大畫家說是假畫所以不要，掮客弄得莫名其妙。他想，「怎麼你自己假造出來的畫，對人老實說是假的？莫非自己不要生意？」後來去問大畫家，大畫家把奸計告訴他，叫他靜靜地等候，富翁再來叫他時，就說大畫家買去了。如此，富翁一定確信這畫是真筆，一定要買回去。那時就好敲他一倍的竹杠。結果，富人果然中了大畫家的奸計，出八億元買了一張假畫。倘然當初出四億買了，富翁疑心是假畫，心中不高興。如今出八億元買了，富翁確信是真筆，心中很高興了。

（本篇原載《兒童故事》一九四八年四月第二卷第四期）

注①：二爺，作者家鄉話，指高級侍者。

銀窖

江南有個鎮，抗戰時是游擊區。日本鬼同我們的游擊隊打進打出，打了四五次，打得鎮上的房屋全部變為焦土！勝利後，居民無法還鄉，都遷居到他處。這鎮就變成一片荒土，只有拾荒的貧民，常常到瓦礫堆中去翻墾。有時墾出一把銅茶壺，有時墾出一把火鉗，有時墾出一個秤錘。……

有一次，一群貧民，在一處石牆腳的旁邊，竟墾出一處銀窖來。石板底下，有一個鐵箱子，箱子裡盡是銀洋錋。共有七大麻布包，每包內有皮紙封好的十封，每一封內有銀洋一百塊。就是每封一百元，每包一千元。一共是七千元。貧民們大家搶銀洋，一會兒就搶光了。

七千元，在現在只能買三根半油條。但在從前，是可以造一所大房子的，這是誰埋在地下的？人們都不知道。我卻是知道的。

三十多年以前，我做青年的時候，這鎮上有一家雜貨店，就開在那石牆腳的地方。店主人姓王，人都叫他王老闆。王老闆在民國初年就死去。他的老闆娘比他先一年死。只剩一個兒子，是沒淘剩①的，濫吃濫用，把店和房子都賣了。買房子的人，抗戰以後不知去向了。這荒地就沒有主人。銀窖呢，正是王老闆做的。這七千塊銀洋，便是王老闆一生節省下來的，他看見兒子沒淘剩，竟沒有告訴他地下有財產。買屋的人，也不知道地下有銀窖。因此，王老闆遺產就被這群貧民分得了。

王老闆怎樣積得這七千塊錢的？我知道的，現在講給小朋友們聽聽。這真是很可憐的一個故事！

王老闆是非常會當家的人。吃的也省，穿的也省，用的也省。他等青菜最便宜的時候，買許多來，做成鹹菜，一年的菜蔬就有了。魚、肉，他是從來捨不得買來吃的。他買最粗最牢的布來做衣服，一件衣可穿一世。他不遊玩，不看戲，不喝酒。他的唯一的「靡費」，是每天吸幾筒煙。他買最便宜、最凶的老煙，（最凶的煙，容易過癮，每天可以少吃幾筒，就節省了）裝在一支毛竹煙筒裡，每天飯後吸幾筒。這是他平生唯一的享樂。另外，他還有一件更大的樂事，便是積錢。

他的積錢，真是用盡心血，一個一個地積起來的。那時候還沒有鈔票，只有銅板、銀角子和銀洋錢。讀這故事的小朋友們，恐怕都是沒有見過的。我告訴你們：三十個銅板換一個銀角子。十二個銀角子換一塊銀洋錢（大約如此。有時多些，有時少些，沒有一定）。王老闆的雜貨店很小。每天賺的錢不多。但他一天一天地積存起來，積了三十個銅板，就去換一個銀角子。積了十二個銀角子，就去換一塊銀洋錢。他身上有兩隻袋，一隻在大褂上，一隻在襯衣上。他規定：銅板藏在大褂袋裡，銀角子藏在襯衣袋裡。大褂袋裡的銅板積滿了三十個，他就拿出來，去換一個銀角子，藏在襯衣袋裡，大褂袋就空了。襯衣袋裡的銀角子積滿了十二個，他就拿出來，去換一塊銀洋錢，藏在枕頭底下，襯衣袋就空了。枕頭底下的銀洋錢積滿了十塊，他就拿出來，用紙包好，藏在箱子裡，枕頭底下就空了。箱子裡的銀洋錢積滿了十包，就是一百元，他就用皮紙封好，藏在地窖裡，箱子裡就空了。地窖裡的皮紙包積滿了十包，就是一千元，他就用麻布包好，叫做「丁包」。丁包就是一千塊銀洋錢的包。那些貧民在荒地的石牆腳旁邊掘出來的，便是七個「丁包」，就是七千塊錢。這七千塊錢，都是王老闆在幾十年間由銅板、角子、洋錢，一個一個地積存起來的。可憐他自己省吃省用，苦苦地把錢藏在地窖裡，如今白白地送給素不相識的人！然而這樣還算是幸運的。因為分得

茴香豆

這些銀洋的人都是拾荒的貧民，他們本來饑寒交迫；如今得了這些錢，也可以暫時安樂一下；他們雖然不認識王老闆，他們的心裡大家感謝這位藏銀洋的人的。假如永沒有人去發掘這地窖，讓這些銀洋在地下埋了幾千萬年，變作泥土，那時王老闆的心血才真是冤枉呢！這樣說來，王老闆並不可憐。但是，在他生前，為了積錢，確是受了不少的苦。你聽我說來：

他的大褂裡，銅板最多是二十九個。這是他銅板最多的時候，有時看見糖擔挑過，也許買一兩個銅板糖吃。但一到了積滿三十個的時候他就等於沒有銅板了。因為三十個如數取出，換成銀角子，藏在襯衣袋裡，他決捨不得再拿出來兌作銅板而買糖吃了。夏天日子長，王老闆中午吃了兩碗鹹菜下飯，到下午肚子裡「各鹿各鹿」地響。他看見茴香豆賣過，心裡想買幾個銅板茴香豆來充充饑。但是這一天他正好積滿三十個銅板，早已換成銀角子，藏在襯衣袋裡，大褂袋裡空空如也，一個銅板也沒有了。他只得忍著饑餓，看一看茴香豆籃，吞一口唾液。

有時街上羊肉上市，鄉下人殺了羊掮了羊肉到街上來賣。王老闆天天吃鹹菜飯，幾個月不吃油水了，看見了羊肉口中生津。他指著一隻羊腿問問價錢，那人說八角銀洋。但這一天，王老闆的襯衣裡正好積滿十個銀角子，早已換成一塊銀

内手

西北風

洋，藏在枕頭底下，他的襯衣袋裡只積得兩隻角子，不夠買羊肉了。他只得向那人搖搖手，反背了兩手走開了。

有一年冬天特別冷。王老闆的棉袍已經穿過十多年，像木板一樣硬了。他扛起兩肩，縮攏兩手，站在店門口的西北風裡發抖。他很想買一件新的棉袍。探聽價錢，大約要七八塊銀洋。但這時候，正好他枕頭底下的銀洋積滿十塊，早已包成小包，藏在箱子裡，他的枕頭底下空空如也，一塊錢也沒有了。他只得忍著寒冷，早些兒鑽在被裡睡覺了。等到他枕頭底下再積到七八塊銀洋的時候，冬天已經過去，他就捨不得再買新棉袍了。

有一次，王老闆生病了。生的是傷寒病，病勢非常沉重。王老闆這人家，捨不得請有名的良醫，捨不得買貴重的藥。他起初只叫老闆娘到廟裡去求求菩薩，拿點「仙方」（就是香灰）來吃吃。後來旁人勸不過，只得請個醫生來開方吃藥。醫生說，這病很重，須得吃貴重的藥，大約要六七十元。但這時候，王老闆的箱子早已積滿十小包，即一百塊銀洋，用皮紙封好，藏在地窖裡，箱子裡所剩的只有兩個小包，即二十塊錢了。王老闆對老闆娘說，「請醫，買藥，只能盡此二十塊錢，再多我拿不出了。你看我的箱子裡，不是只有二十塊錢了嗎？」老闆娘知道他的老脾氣，不勸他開地窖。因為銀洋一進地窖就等於沒有了。但是二十塊錢請不到好醫生，買不出好藥，王老闆只得任他生病。總算僥倖，沒有病死。他在床裡躺了兩個多月，起來的時候骨瘦如柴，從此身體就變壞了。但他仍舊省吃省用，把銅板積成銀角子，銀角子積成銀洋錢，銀洋錢滿了十塊藏進箱子裡，滿了一百塊藏進地窖裡。

後來有一年，老闆娘生病死了。王老闆要買棺材，請和尚道士，做喪事，安葬，大約一共要花四五百塊錢。地窖本來是不開的，因為王老闆平常絕沒有上一百塊錢的用度。如今死了人，用度非上百不可，只得忍痛打開地窖，取出皮紙封的銀包來用。但這時候，王老闆的地窖中共有七個丁包，和兩個皮紙小包。這就是七千元，和二百元。王老闆看見丁包，同沒有看見一樣，因為他認為丁包是「無論如何不可動用的」。他就關了地窖，哭喪著臉對人說：「我只有這兩百塊錢！老太婆的喪葬，只能盡兩百元為度，不能再多用了。」於是只得去買一個最薄的棺材，和尚道士也省了，草草地安葬。這樣已經用了兩百元。王老闆從來沒有這樣肉痛的！王老闆死了老婆，又花了兩百塊，悲傷而且肉痛。他把他的不長進的兒子逐出門外，讓他去討飯，免得多花家裡的錢。但他終於年紀老了，身體壞了。

雜貨店的生意又難做，他不能多賺錢了。等到箱子裡積到九小包（就是九十元）的時候，他就死了。他的兒子回來了，打開箱子一看，只有九十塊錢，就統統拿了。他拿三十塊錢去買一個最薄的棺材，把老子的屍體裝進，叫人扛到義塚上，就無事了。他先把店中家中所有的東西變賣，拿賣來的錢去喝酒，賭錢，嫖妓女。一會兒花完，就把店和房子統統賣光，拿到錢流蕩到他處，不知下落了。

　　那藏著七個丁包的地窖，只有老頭子和老太婆兩人知道。現

在兩人都死去，世間就沒有人知道。所以他的兒子沒有去掘，買屋的人也沒有去掘。直到日本鬼子打進來，全鎮變成焦土之後，才讓拾荒的貧民無意中發掘出來，而給他們受用。故事就這樣完了。

（本篇原載《兒童故事》一九四八年五月第二卷第五期）

注①：沒淘剩，作者家鄉話，意即沒出息。

獵熊

這一天正是陽春三月，風和日暖。獵人走出門來看看天色，就叫喚他的兒子，準備獵槍、子彈和乾糧，到山中去打獵。他的兒子是個小獵人，最愛打獵，本領比他父親還高。因此他父親非常歡喜他，每次出獵，必定帶他同去。

小獵人興高采烈地準備用具和食物，就跟了大獵人一同入山。因為天氣太好，他們父子兩人準備在山中打一天獵，中飯也不回來吃，所以要帶乾糧。他們的乾糧是兩個麵包、兩個粽子、兩個廣橘和一袋水果糖。小獵人在路上想：這一個上午，可以打得許多鳥雀，說不定可以打得一隻野雞。肚子餓了，選一塊青草地，同爸爸兩人坐著吃粽子，吃麵包，吃廣橘和水果糖，吃飽就躺在青草地上休息一會。下午再打許多鳥雀，說不定可以打得最好吃的斑鳩。然後背著許多野味回家，晚上還有一餐最美味的夜飯呢！

果然，這一上午打得了許多野味，有麻雀，有野雞，有斑鳩。大獵人提了一部分，小獵人背了一部分。兩人走到一處山腰裡，一道小溪的旁邊，太陽光照著的青草地上，放下東西，相對坐著開始野餐了。大獵人檢點一隻一隻的死鳥，計數一下，還是小獵人打來的多，而他自己打來的少。他稱讚他的兒子能幹，握住他的兩手，表示疼愛。小獵人心中高興，對著父親微笑，兩人就合唱〈幸福的家〉的小曲。太陽和暖地照著，溪水潺地流著，山上的杜鵑花默默地笑著，蝴蝶翩翩地飛著，父親和兒子親愛地唱著。這光景真是一幅美麗、和平、慈祥、幸福的圖畫。

吃飽了乾糧，唱完了歌，小獵人立起身來，站在溪邊看風景。他向小溪的上流眺望，忽然輕輕地叫道：「爸爸，你來看，這雪白的一團是什麼東西？在那裡動呢！」大獵人立刻從草地上爬起來，走到溪邊向上流一望，說聲：「啊喲，不得了！」小獵人忙問：「什麼？」大獵人不作聲，向腰間拉出望遠鏡來一窺，就遞給小獵人。小獵人一窺，也叫一聲：「啊喲，不得了！」原來是一隻大白熊，坐在溪邊飲水！幸而兩人沒有被它發現。假如他們父子二人正在歡笑唱歌的時候，被這熊聽見，它一定悄悄地走到這山腰裡來，把父子兩人吃掉！熊的腳底下有一塊肥厚的肉，叫做熊掌，踏在山地上，好像我們穿軟底鞋子，毫無聲音。父子兩人不曾提防，來不及抵抗，一定死在它手裡的！好危險啊！如今父子兩人先發見熊，而熊不曾注意他們。他們都是有槍的，熊就一定要死在他們手裡了。

父子兩人，大家裝上槍彈，緩步低聲，靠溪邊的亂草掩護，悄悄地走向熊坐的地方去。同時張大眼睛，密切地注意熊的動作，不要被它發見了追趕過來。熊的後足坐在溪邊的石上，前足在溪中弄水，有時向左，有時向右，好像在撈取什麼東西。因為距離還遠，望不清楚。熊頭轉向這邊的時候，父子兩人一齊蹲下來，伏在草間，防它看見，熊的頭轉向那邊的時候，父子兩人就站起來走。越走越近，到了槍彈打得中的距離，父子兩人停步，蹲在一大叢茅草後面，把槍口插在茅草中間，向熊瞄準。熊並沒有注意，管自弄水。

「砰」的一聲，小獵人一槍彈正中在熊的項頸裡。但見熊身略略顫抖，以後就兀坐不動。又是「砰」的一聲，大獵人的槍彈正中在熊的肚皮上。但見一條鮮血，從傷口湧出，流到石上，在雪白的熊毛上畫出一根根很粗很紅的垂直線。但是那熊依舊兀坐石上，兩前足伸起，如像一個人拜揖的樣子，一動也不動。隨後項頸裡的創口也流出一條血來，又在雪白的熊毛上畫出一根很粗很紅的垂直線。兩個獵人都覺得很奇怪。這兩槍明明是致命傷，何以這熊不倒下去，卻兀坐不動呢？難道這不是熊而是無生命的東西麼？再用望遠鏡細看，一點不錯，正是一隻大白熊，兩眼緊閉，兩前足縮起作拜揖狀，兩後足蹲在石上，兩條血汩汩地流著，在望遠鏡裡都可以明白地看出。然而為什麼兀坐不動呢？小獵人想走上前去看個究竟，大獵人阻住他，說「再開一槍，打中它的頭部，方才可以放心走近去。」小獵人眼睛好，「砰」的一聲，正打在熊的腦袋上。熊仍舊兀坐不動。

兩個獵人走出茅草，向著熊一步一步地走近去。他們在溪岸上走，走到離熊約一百步的地方，站定了。向下望去，那熊好像冬天孩子們玩的雪菩薩①，一動不動地坐著。向側面看看，創口裡的血還不住地流出。大獵人大喊一聲，熊如同沒有聽見。小獵人拾起一塊石子，拋到熊的背上。熊不動。再拾一塊更大的石子拋到熊的臀部。熊又不動。兩個獵人就放心地爬下岸，走到熊的身邊去細看。

一看，熊的兩眼緊閉，似乎早已死去。兩手（就是兩前足）捧著一塊大石頭，死不放手，好像和尚捧著經跪在佛前默禱的樣子。獵人覺得非常奇怪，就在離開熊二三尺的地方大喊，又用槍柄敲熊的背脊。但熊仍是不動。獵人用槍柄抵他的身體。熊身太重，動搖不得。到這時候，獵人已不把它當作熊看，兩人放下槍桿，走上前去，兩手撐住熊的右側，把熊的身體用力地推。推了好久，熊的身體方才向左傾倒，翻在溪水灘上。它的手裡依然緊緊地抱著那塊大石頭。這可證明熊確已死了。但是，何以它絕不抵抗，咆哮，或掙扎，而死活抱住那塊大石頭呢？小獵人向大獵人看看，大獵人向小獵人看看，大家弄得莫名其妙。

大獵人正在納罕，眼梢頭覺得水裡有什麼東西正在活動，轉身一看，忽見大熊坐的那塊石頭的旁邊，有兩隻小白熊蹲在淺溪底上的石縫裡找小動物吃。這兩隻小白熊比白兔大些，生得肥頭胖腦，雪球似的，十分可愛！它們倆所蹲的地方，正在大白熊手裡捧的大石頭的底下。這時候，大獵人恍然大悟，長嘆一聲「啊——喲——」，搖頭，悲慟，掉下眼淚來。小獵人到底年紀輕，還沒有明白這個道理，慌忙地問：「爸爸！怎麼了？」他爸爸看看捧著大石頭的已死的大白熊，又看看可愛的小白熊，抬起頭來，仰望青天，淒慘地叫道：「天啊，我做了最殘忍的事了！我犯了很大的罪過了！請你饒恕我！」又掉下很大的淚珠來。小獵人弄得莫名其妙，連問：「爸爸，究竟為什麼？究竟為什麼？」他也哭了起來。

大獵人定一定神，皺著眉頭，指著淺灘上的石頭說道：「你看：那邊溪水深，小熊們渡不過去。大熊想把這邊的大石頭搬幾塊過去，好讓小熊們爬過去找小動物吃。你看，它已經搬了兩塊去。它正在搬第三塊的時候，你的槍彈就打中了它的項頸。這是致命傷，它一定很痛苦，想要掙扎了。但它手裡捧著一塊大石頭，如果掙扎，必須把大石頭放手；如果放手，大石頭一定掉在小熊身上，而把小熊壓死！因此，它忍著痛苦，緊緊地抱住大石頭，不使它掉下去。它寧願自己忍痛而死，捨不得把它的兩個兒子壓死！我們後來再開兩槍的時候，其實它已經死了。只因它的愛子之心太堅，所以死了還能緊抱石頭。你看，它現在被我們推倒了，兩手還是緊抱著石頭呢！啊，父母愛子之心，比石還堅，比死還強！這是何等神祕而偉大的一件事！天啊！我們做了最殘忍的事了！我們犯了很大的罪過了！請你饒恕我們！」一說著，父子兩人大家哭起來。大白熊緊抱石頭倒在一旁，一動也不動。兩隻小白熊還在淺溪裡捉魚蝦吃，爬來爬去，十分可愛。它們全然沒有知道它們的慈母已被人打死了！

父子兩人對小熊看了一會，不約而同地大家蹲下去，每人抱了一隻小熊，帶回家去，好好撫養。父子兩人把獵槍折斷，從此不再打獵了。

一九四八年三月四日於杭州作

（本篇原載《兒童故事》一九四八年六月第二卷第六期）

注①：雪菩薩，即雪人。

毛廁救命

大約是一九三九年的事，日本打中國打得正凶，天天用幾十架飛機來轟炸重慶。他們想我們被炸得害怕，向他們無條件投降。這時候我不在重慶，我住在廣西的深山裡。有一天有一位朋友從重慶逃到廣西來，一看見我，就說：「我的性命是毛廁救得的！」我笑道：「怎麼毛廁會救命呢？」他就把他的故事講給我和我家的人聽。下面的話是他說的。

重慶天天放警報，天天有幾十架日本飛機來轟炸。住在重慶的人，每天一早吃飽了飯，把門鎖好，帶了午飯，到山洞裡去過一天，晚上才回來。天天如此。因為每天上午下午都有一次轟炸。免得臨時倉皇，大家一早先逃。好像天天全家去「野餐」。

我在公司做事。公司在江邊上，離市區遠。日本飛機炸的地方，常在市區裡，我住的一帶地方，從來沒有被炸過。我一向膽子很大，從來不逃警報。公司裡的人大家逃，我獨不逃。他們笑我冒險，我笑他們膽小。我並非看輕自己的生命，實因我有一個道理：敵機雖然多，究竟重慶地方大，我的身體不過五尺，哪裡一定炸到我身上？況且我們江邊這帶地方，房屋稀少，東一間，西一間，零零落落的。投下一個炸彈，不過炸壞一間房子，不會影響別的房子。炸彈的價錢比房子大得多。日本人很小氣，一定不肯在這裡浪費炸彈的。我因為確信這個道理，所以一向不逃警報。

有一天晚上，他們逃警報回來，帶了一隻蹄膀來。是一家肉店

被炸，豬肉四處飛散，這隻蹄膀飛在一道小巷裡的地上，被他們拾得的。他們本來不走這小巷，第一天因為有一位同事的手表交一家鐘表店在修理，而那家鐘表店正在那小巷口頭。這位同事想去看看鐘表店有沒有被炸，因此穿走這條小巷，拾得了這蹄膀。我拿來一嗅，果然新鮮。我說：「你們有蹄膀，我有老酒。今晚你們請我吃蹄膀，我請你們喝老酒。」就把藏著的一甕「渝酒」（就是重慶人仿造的紹興酒）拿出來請客。這晚上大家吃得爛醉。我喝了兩斤酒，睡在床上，好困得很。

哪曉得日本鬼子壞得很，這一天後半夜有月亮，天沒有亮，他們就來轟炸。

警報一發，同事們大家逃走。我照例不逃，管自睡覺。但是飛機聲，炸彈聲很大，擾得我睡不著。忽然肚痛起來，肚裡咕嚕咕嚕地響，好像養著許多青蛙。原來昨夜蹄膀吃得太多，把肚子吃壞了。我們的毛廁在後院中，我只得披了一件大衣，急忙下樓，走了大約一百步，到後院去登坑。

我正在坑上肚痛，忽聽見「豁朗」一響，好像山崩地裂。同時一陣熱的灰塵，沖進毛廁房來。毛廁房裡的四根柱子動搖起來，牆壁豁裂，掉下許多石灰和瓦片來，把我的頭和背脊打得很痛。一塊瓦正好打在我的屁股上，皮都打開！（講到這裡，聽的人笑煞了）我的眼睛被灰塵所迷，張不開來。我連忙起身，屁股也不揩了。（聽的人又笑）這時東方已白，天快亮了。我連忙逃出毛廁門外，一看，煙霧迷漫，看不清楚。過了一會，才看見：我住的房子已經沒有了，變成了一片瓦礫場！敵機還在我頭上盤旋，別的地方還在丟炸彈。我怕起來，附近沒有山洞，我索性回進毛廁裡去躲避。（聽的人又大笑）

躲了很久，警報解除了。我走出毛廁，去看我們的房子的地方，但見磚石瓦礫，樓板門窗，桌面凳腳，橫七豎八，一塌糊塗！牆腳還在，我依牆腳認識了我所睡的床鋪的地方，但見一個深坑，足有一丈多深。原來炸彈正炸在我的床鋪的

地方！假如我睡在床上，現在早已粉身碎骨，化作灰塵了！（聽的人的嘴巴和眼睛都張大了）

你看，我的性命不是毛廁救得的嗎？（大家又大笑）

這朋友講完了他的故事之後，大家靜了一會。因為大家在想像他那時的情狀。我先說話了：「其實，你講的不是毛廁救命，應該說是蹄膀救命。倘使你上一晚不吃蹄膀，你不會壞肚子。倘使不壞肚子，轟炸的時候你一定躺在床上，不會到毛廁裡去。這不是蹄膀救命嗎？」

這朋友想了一想，說：「那麼，也不能說蹄膀救命。應該說逃警報救命。因為，這蹄膀是我的同事們逃警報而拾來的。假使他們不逃警報，不會拾得蹄膀。沒有蹄膀，那天晚上我不會吃壞肚子。我不壞肚子，不會上毛廁去，我不上毛廁去，一定被炸死。這不是逃警報救命嗎？」

我說：「不對！你說過，你的同事們逃警報，一向不走這條小巷；這天因為有一位同事的手表交巷口的鐘表店修理，想去看看那店有沒有被炸，所以穿走小巷，拾得蹄膀，使你吃壞肚子，清早起床登坑，因此救了你的性命。假如你的同事不修表，他們就不走這小巷，就沒有蹄膀；沒有蹄膀，你不會吃壞肚子；不吃壞肚子，你不去登坑；不去登坑，你一定被炸死了！這樣說來，這不是手表救命嗎？」

我的朋友想了一想，笑笑，說：「這樣說來，也不是手表救命，而是乒乓球救命。因為這同事有一天晚上和我打乒乓球。他的習慣，是用左手發球的。打得起勁，把左腕向柱上一碰，手表上的玻璃碰破，長短針都不見，因此拿去修的。假如不打乒乓球，手表不必修；手表不修，不必走小巷；不走小巷，不會拾蹄膀；不拾蹄膀，不會吃壞肚子；不壞肚子，不會登坑；不登坑，我一定被炸死——這不是乒乓球救命嗎？」

我問：「你們是不是天天晚上打乒乓球的？」他說：「不，難得玩玩的。」我說：「那麼，那一天晚上打乒乓球，是誰發起的呢？」他想了一想說：「是我發起的。我歡喜打乒乓球，他也喜歡這個。我一發起，他就贊成了。」我說：「那麼，也不是乒乓球救命，卻是你自己救自己的命。假如你不發起，他不會打破手表；手表不打破，不會去修；不修手表，不會走小巷；不走小巷，不會拾蹄膀；沒有蹄膀，不會吃壞肚子；不壞肚子，你不會登坑；不登坑，你一定被炸死——這不是自己救自己嗎！」我的朋友和旁聽的人，大家大笑。

這朋友想了一想，又說：「也不是我自己救自己，卻是老天救命。因為那天晚上下雨，悶坐無聊，因此我發起打乒乓球。要是老天不下雨，我們的同事們一定三五成群地到山城夜市中去散步，不會關在屋子裡打乒乓球的。這不是老天救命嗎？」

我拍手稱讚：「對啦對啦！老天救命，這才對啦！我們剛才那種追究，其實都靠不住。因為還有許多旁的原因，我們沒有顧到。譬如說，假使你的朋友沒有用左手打球的習慣，手表也不會碰破。假使你的朋友的手表不交付小巷口的鐘表店修，而交別的店修，也不會走小巷而拾蹄膀。假使那家肉店的蹄膀不飛到這小巷裡，你們也不會拾得。假使日本鬼的炸彈不丟在肉店上，蹄膀也不會飛出來。假使你不愛吃或少吃些蹄膀，也不會壞肚子。……旁的原因，追究起來就無窮盡。所以我的意思，說『老天救命』最為不錯。一個人的生死，都操在『運命之神』手裡。『運命之神』就是老天呀！」

我的朋友若有所思，後來決然地說：「你的說法果然很對。但是太籠統，太玄妙了。我看還是大家不要向上面追究，講最近的一個原因：『毛廁救命』吧！」

我又拍手讚善：「好極，好極！要追究，一直追到老天。不追究，就講最近一原因，這是最不錯的。『毛廁救命』就是『老天救命』。」

一九四八年萬愚節於杭州作

（本篇原載《兒童故事》一九四八年七月第二卷第七期）

為了要光明

有一個人姓萬，名叫夫，家住在鄉村裡。他家的房子造得很堅固，每個窗子都有三層：外面玻璃，中間鐵紗，裡面板窗。板窗上又有鐵鎖，晚上鎖好，教偷兒爬不進來。早上開鎖開窗，放光明進來。

有一天晚上，萬夫鎖好了窗，把鑰匙藏在衣袋裡，到附近朋友家去吃喜酒。吃得爛醉，由別人扶著回家，倒在床上就睡。第二天起來，想打開窗子，放光明進來，找來找去，找不到鑰匙。這一定是昨夜吃酒醉了，把鑰匙掉在外頭。萬夫連忙到做喜事的人家去問，「有沒有在地上撿到鑰匙？」人都說「沒有。」他在歸家的路上仔細尋找，哪裡找得到呢？他的鑰匙是很特別的，不能向別人借鑰匙來開。為了他的臥室裡要光明，他只得去請銅匠師傅來開鎖。

村裡沒有銅匠，須得坐了船，搖十里路，到鎮上去請。萬夫自家沒有船。他到隔壁航船戶家去借船。航船戶說：「這隻小船是空的，可是篙子被人借去了。只有一把櫓，沒有篙子，怎麼辦呢？」原來這十里水路很曲折，又很淺，非用篙子撐，不能行船。萬夫說：「那麼，讓我到竹林裡去砍一支竹竿來。就有篙子了。」

為了要砍竹竿，萬夫先到灶房裡去找柴刀。找來找去找不到。他問他的太太：「我們的柴刀哪裡去了？」太太皺著眉頭說：「真糟糕，昨天我在井邊上削一根木柄，一個失手，把柴刀掉在井裡了！我正要想法子拿它出來呢。」萬夫想了一想，說：「我有辦法。東村李先生家裡有一塊大吸鐵石。我去把它借來，用長繩縛牢了，掛到井底裡，柴刀被吸鐵石吸牢，就好拉出來了。」他的太太說：「好極，好極，你去借吧。」

為了要取井裡的柴刀，萬夫走到東村李先生家去借吸鐵石。李先生對萬夫說：「真不巧，我那塊吸鐵石掉在地板洞裡，

還沒有取出來呢。因為昨天我的太太把一隻繡花針掉在地上，尋來尋去尋不著，想是落在地板縫裡了，就用吸鐵石去吸。誰知繡花針沒有吸到，一個失手，反把吸鐵石掉進地板洞裡了。這洞雖然很大，可以伸手進去，可是地板下面非常之深，手臂摸不到底，因此無法取出。你要借用只有請木匠來，把地板拆開，取出吸鐵石來。我本來早想請木匠來把這個洞修補呢。」萬夫說：「那麼，我到西村去把王木匠請來。」

為了要拆地板取吸鐵石，萬夫走到西村去請王木匠。剛走進門，不見王木匠，只看見王大嫂坐著，正在發愁。萬夫問道：「王大嫂，王司務在家嗎？」

王大嫂說：「他今天老毛病又發作，好端端地倒在地上，我剛把他扶到床上，現在還沒有醒呢。」原來王木匠有一種老毛病，叫做「羊癲風」，一年之中，要發好幾次。發的時候，突然倒在地上，不省人事，口中吐出白沫來，須得別人把他抬到床上，躺著靜養，半天之後，方可起身。倘使要他早醒，須得到北村去請老郎中來，替他按摩一下，便起身了。萬夫曉得他這老毛病，便說：「那麼，我到北村去請老郎中來。」

為了要醫好王木匠的羊癲風，萬夫走到北村去請老郎中。剛走進老郎中家的門，天下起雨來。萬夫說：「老郎中，王木匠又發羊癲風了！請你勞駕，去救

救他！」老郎中說：「我一定去的。但是天下雨了，我家的雨傘被客人借去，沒有還來；須得到鄰家去借一把傘來，方可出門去看病。」萬夫說：「是的是的，我到隔壁人家去借，借一頂大傘，我們兩人合用吧。」

為了要請老郎中出門去看病，萬夫傍著屋簷，走到鄰家去借傘。隔壁的老婆婆正在念阿彌陀佛，看見萬夫進來，站起來說：「萬夫哥冒雨來！坐坐，躲雨吧。」萬夫說：「我是從隔壁老郎中家過來的，想請老郎中出門去看病，沒有傘，想請你老人家借我們一頂，大一點的。」老婆婆說：「傘嗎？有是有的，很大的一頂；可是放在閣樓上，那梯子昨天被泥水司務借了去，不能爬上去拿，怎麼辦呢？」萬夫看看閣樓，果然很高，非用梯子，爬不上去。他想了一想說：「那麼，我去借把梯子來吧。」

為了要上閣樓去取傘，萬夫穿過田塍，到對面的土地廟裡去借梯子。土地廟裡的小和尚看見萬夫進來，就請他坐。萬夫說：「不坐了，我要借一把梯子，用一用就拿來還的。」小和尚說：「梯子嗎？有是有的，放在後院子裡。後院子的大門鎖著，鑰匙放在老師父身邊，老師父到小橋頭張家去念經了。張家的老太太今天斷七①呢！」萬夫搔搔頭，想一想，說：「那麼，我到小橋頭張家去找你的老師父拿鑰匙吧！」他就走出土地廟，向小橋頭去。其實這時候天早已晴了，用不著傘了。但是萬夫只顧目前的需要，從不追究根本的意義，所以管自奔向小橋頭去。

為了取土地廟後院大門的鑰匙，萬夫辛辛苦苦地跑到小橋頭張家，找到了老和尚。老和尚正在念經，萬夫不便打擾，只得坐著等他念完。等了一個鐘頭，老和尚還沒有念完。其實這時候，王木匠的羊癲風早已發完，早已起來了。但是萬夫只顧目前的需要，從不追究根本的意義，所以管自坐著等候。約莫等了兩個鐘頭，老和尚方才念完經。萬夫就告訴他，要借廟裡的梯，請他把後院大門的鑰匙拿出來，好去開門拿梯。老和尚一口答允。但是，他在他的衲裰衣裡揍來摸去，摸了半個鐘頭，摸不到鑰匙。後來把和尚衣解開來，細細尋找，連褲子腰裡，襪統裡，都尋到，尋不見鑰匙。老和尚說：「啊喲！我老昏了，把鑰匙都掉到不知哪裡去了！怎麼辦呢！」萬夫說：「你也許放在廟裡沒有放在身上？你念經已經念好了，我和你一同回去找找看吧。」老和尚說：「沒有放在廟裡，一向放在身上這個袋裡的。」但是沒有辦法，姑且答應他回廟去找。老和尚收拾經書袈裟，交廟祝背了，又算了張家的經懺錢，然後同萬夫一同走回土地廟去。走到廟裡，就尋找鑰匙。尋來尋去，終於尋不到。老和尚說：「我這鐵鎖很堅牢，要扭也扭不斷；又很特別，沒處去借鑰匙。只有請銅匠司務來開了。但是，村裡沒有銅匠，只有到鎮上去請。鎮上去，有十里水路，向你們隔壁的航船戶家去借一隻小船吧。」萬夫說：「好的，好的，我就去借。」

為了要請銅匠開土地廟後院大門的鐵鎖，取梯，上閣樓拿傘，陪老郎中去醫好王木匠的羊癲風，請王木匠去拆開李先生家的地板，取出吸鐵石，吸起井底裡的柴刀，到竹林裡去砍竹竿，當作篙子，撐船到鎮上去請銅匠，來開萬夫臥室板窗上的鎖，使臥室光明——萬夫

又走到航船戶家去借船。航船戶笑著說：「我早上對你說過了：這隻小船是空的，可是沒有篙子。你不是說，去砍根竹竿來當篙子嗎？你竹竿砍來了沒有？」到這時候，萬夫方才想起他這一天的種種行動的根本意義。他似乎恍然大悟了一下。但是過了一會，他又把根本意義忘卻，而努力追求目前的需要了。他毅然決然說：「是的，是的，我去砍竹吧！」說過，就回家去找柴刀……

一九四八年五月六日於杭州

（本篇原載《兒童故事》一九四八年八月第二卷第八期）

注①：按照作者家鄉風俗，人死之後七七四十九天，謂之「斷七」，要為死者誦經念佛。

赤心國

抗戰時期中，有一個軍官，在近海的某城中服務。他有臨危不懼的鎮靜、清楚靈敏的頭腦、不屈不撓的精神、刻苦耐勞的毅力和愛好和平的天性。他天天努力訓練他的軍隊，預備將來率領了去殺敵人。這地方離前線很近，故敵機時常來濫施轟炸。幸而城外有一個堅固可靠的山洞，而且非常之深，可以容很多的人。有人說這洞是無底的，但無人知道它的究竟。

有一個初夏的午後，炎熱的太陽照遍了大地。忽然警報響了。「嗚——」，聲音淒慘可怕得很。許多居民都紛紛逃到這山洞裡去。那軍官也跟著眾人逃避在這洞裡。這平時冷靜得可怕的山洞，現在頓時熱鬧起來。那些膽大的、不耐煩的和頭腦不清的人們，都擁擠在洞口，不願躲到裡面去，雖然他們知道裡面很深。

不一會，敵機果然來了，架數很多，炸彈立刻像雨一般落下。大概是看得慣了的緣故吧，洞口的那批人依舊擁在洞口，心以為他們的地點已很安全。忽然一個重磅炸彈飛下，正落在洞口。那一批可憐的無辜者頓時血肉橫飛，化為烏有。

軍官幸而沒有被難。他的身體跳了丈把高，但是他竭力保持鎮定。在這一剎那間，他眼看見無數平民變成了血漿和肉塊。這景象嚇得他不知如何是好。本能指使他往裡鑽，其餘的許多平民也都爭著往裡面擠。小孩的號哭聲，婦人的驚喊聲，嘈雜的腳步聲，都混成一片。數千人擠成一團。

那軍官終究年富力強，他走在最前面，鑽進洞的深處，無數男女老幼都跟著他向裡面擠。忽然又是震天一聲響，不料洞上面的岩石壓了下來。把洞口封住了！一剎那間，哭聲喊聲和腳步聲同時驟然中止。軍官忽然覺得異樣，忙回頭拿電筒一照，只見跟在他後面的大隊民眾已盡數被岩石壓死，他自已離開岩石落下的地方僅三尺，僥倖不死！他嚇得大喊起來，可是這喊聲沒有人回應，只有岩石間的回聲跟著他的喊聲作悠長而淒慘的反響。「呀，只留下我一個！」他不禁喊出這句話，同時又聽見一個短促而可怕的回聲。他立刻覺得絕望。再用電筒照時，只見岩石的隙縫間參差露著被壓死的人們的手、腳，和小孩的頭、小手等。有的頭顱被壓碎，腦漿淋漓；有的只露著一個頭，兩個眼球仿佛兩個胡桃，向外突出；有的因為肚子和胸部被岩石突然重擊，腸胃等竟從口中吐了出來！……軍官再也不忍看了。他熄了電筒，兩腿站不住，便倒在地上，幾乎昏過去。

不一會，他清醒了。他想，在這情形之下應當怎麼辦？他知道這山很高很大，簡直是一條長嶺。要掘一條通路呢，他身邊沒有傢伙；況且這山都是岩石，即使有傢伙，也是不容易的。大聲喊救呢，便是震斷了聲帶，外面也無論如何聽不到。向洞的深處走呢，只覺裡面陰氣襲人，好像伏著可怕的鬼怪。況且這裡面十有八九是絕路呢！他想到這裡，覺得完全絕望。他想到不如像那些平民一樣被炸死或壓死了乾淨。像他現在的情形，正是不死不活，使他萬分焦慮而難受。後來他想，與其這樣活活地餓死，還不如現在撞死在石上了痛快。打定了主意，他便站起身來，用盡平生之力向岩石上撞去。

但是，他忽然把頭縮回。他想道：「就這樣撞死了，未免太不甘心。我何不冒著險向洞裡走，或有一線希望。如果這是絕路，到那時再撞死還不遲。」他就開始實行他的計畫。他很經濟地使用他那唯一的光源——電筒。幸而前面並沒有可怕的阻礙物，又並不是絕路。不過路很崎嶇，而且黑得伸手不見五指。但是這些他都不怕，因為他能刻苦耐勞，他有不屈不撓的精神。他一刻不停地前進，希望能發現生路。

可是，一個阻礙來了——就是肚子餓了。他伸手向衣袋裡一摸，幸而帶有一包糕，這是平時備著逃警報時吃的。他拿出來省省地吃，一面又不斷地前進。他用電筒照照前途，依舊有通路，但依舊是黑暗，依舊是崎嶇。在這裡不知白晝和黑夜，但照他的經驗估計，大約已經走了一天光景了。在平時，他一天能走七八十里路。現在他在黑暗中走這崎嶇的路，大約只走四五十里。他只管前進。可是，又有一個不可避免的阻礙來了——他疲倦了。於是只好隨地躺下來休息。不一會，他就昏昏睡去。

他醒來的時候，起初還以為睡在自己寢室裡的行軍床上。疑慮了好一會，他才覺察了：原來自己正處在這絕境裡，前途渺茫之極。悲哀和絕望立刻籠罩了他的全身。幸而勇氣出來把它們趕走了。他起來繼續前進。可是肚裡餓得難受。他又伸手向袋裡搜尋食物，但只有不可吃的鑰匙和一些鈔票。這時候，電也用完了。他只好棄了電筒，暗中摸索爬行。他像狗一樣地向前爬去。忽然他的頭在岩石上撞了一下。「呀，不通了？」他驚恐地自語，忙舉起雙手向前摸索，果然前面都是凹凸不平的岩石，沒有通路。他忙轉身向左去摸，又都是岩石。他慌極了，心想右邊也許通的，急轉至右邊，雙手向前亂摸。果然，天無絕人之路，兩手明明沒有碰到阻礙物。他才透了一口大氣，不覺自言道：「原來轉了一個彎！真嚇得我要死。

轉彎之後，他忽然看見很細的一線陽光從遠處射來。他忙上前去把手放入光線中，居然看見了五指。他歡喜極了，心中立刻充滿了快樂和希望，頓時忘記了饑餓和疲勞，急向著光明前進。後來洞漸漸狹小，只能容一人通過。

不久，他便到了洞口。他向洞外一望，只見一片平原，平原外面是汪洋大海。好久不見陽光了的他，一時覺得異常興奮。起初他覺得非常耀眼，不能正視洞外的景物，但不久也就慣了。於是他便想鑽出洞去。可是他忽然又把身子縮回來，因為他看見那平原上有許多野人般的東西在來往工作。他想道：「奇怪，這些是什麼東西？會不會害我呢？」為了小心起見，他暫時不出去，躲在洞口探望，想等那些野人走後再出去。可是他等了好久，野人們只管不走。他餓得實在難當，疲倦得再也不能支持了。他想，若再不出去，便要餓死在這裡了。不如冒著險出去，如果他們對我凶，我可用手槍嚇他們。這樣，或者還有生望。心中想著，便鑽出洞來。

軍官剛出洞，就被野人注意了。他們都停止了工作，驚異地向他看。其中有幾個急忙逃去報告一個胸部很高的野人，這大概是他們的王。野人王來了，他向軍官嘰哩咕嚕地問，軍官一句也不能懂。他看見野人並不凶，才放了心。於是他便以手指口，表示饑餓。野人王懂得他的意思，就向旁邊的野人嘰咕了一會，他們立刻跑去拿了兩大碗熱騰騰的東西來。軍官一看，兩碗都是煮熟的馬鈴薯。嘗一嘗，原來一碗是鹹的，一碗是甜的。他已餓得很，便不顧一切，狼吞虎嚥地把兩大碗馬鈴薯一頓吃完，覺得味道真好。野人王見他吃完了，便過來指著碗，又指著他的嘴，嘰咕地問了些話，軍官懂得他的意思，便搖搖頭，又指自己的肚子，表示「已經吃飽」。他見野人待他這樣好，心裡好歡喜。

吃飽之後，他才開始認識他的環境。原來這地方很好：中央一片半圓形的平原，三面是崇山峻嶺，一面是茫茫大海。世間的人永不知道有這地方。這裡很有些像桃源洞，真是所謂「峽裡誰知有人事，世中遙望空雲山」。可是這位軍官終不免「塵心未盡思鄉縣」。他望著大海，心想：「如果遙見有海船駛過，我可以大聲喊救，叫他們把我載回去。」他又回轉身來看那些山嶺，只見岩石間有許多洞，一層層排著，好像大洋房的窗子。在每個洞裡，住著男女老幼的野人。他們身上都有毛，外面穿著棕櫚製的衣服。岩石的中央有一個較狹長的小洞，他就是從這洞裡出來的。只見這洞口的地上植著幾排形似蠟燭的植物，又放著幾個棕櫚製造的蒲團。他初出洞的時候卻沒有注意到。他不懂這是什麼意思，難道他們向這洞禮拜的嗎？這洞的左邊有一個精緻的小洞。那野人王一手拉著他，一手指這小洞，他知道意思是叫他住這洞，便點點頭。天色漸黑，眾野人都各自鑽進洞裡去睡，他也就鑽進自己的洞裡去躺下。因為幾日來身心都很辛苦，故躺下來就昏昏睡去。

次日，軍官到海邊去眺望，希望有海船駛過。但近岸一帶水很淺，故航線離這裡一定很遠。他望穿了眼，也不見有船隻駛過。於是他覺得絕望，心想只好永遠住在這裡了。幸而野人們都待他很好。他們一天吃三餐馬鈴薯。早上是淡的，中午是甜的，晚上是鹹的。吃之前，有一野人用木錘擊石器數下，幾十個洞裡的野人聽見了都紛紛出來，排成圓形，坐在地上。國王坐在圓形的中央。每人手裡捧了一碗馬鈴薯，大家歡樂地吃。他們很客氣，請軍官同國王並坐。

他在這裡住了幾天，漸漸知道了他們的組織：胸部最高的一個是王，還有六個是官，胸部比王稍低，其餘的都是平民，他們的胸部又比官稍低，但和世間的人相比，還是高得多。六個官各有其職，其中一個專管「衣」的事，其餘五個分管「食」的事。「食」的事共分五項，即馬鈴薯、甘蔗、糖、海鹽、土器皿及柴火，每個官擔任其中一項。每天，這六個官各向人民中輪選數十人去工作，官在旁監督、指揮和教導。他們工作的地方是海邊和左邊山坡上。這裡中央及右邊都是岩石造成的峭壁，上有無數的洞，獨有這左邊的山上卻是一片肥沃的土地，上面種滿了植物。

軍官常到海邊去散步，看野人們做晒鹽的工作；或是坐在洞口閑眺風景。他到左邊山坡上去參觀他們工作：有的在剝下棕皮，有的在縫成棕衣。官在林間來往發令，指揮他們。眾野人無不絕對服從。棕林外面是數百畝馬鈴薯地，他們正在收穫。管馬鈴薯的官在旁監督並教導。棕林旁邊是一大叢的甘蔗林，他們也正在收穫，後面的山上隱約可望見許多野人在叢葦及茂林間樵柴。山的左邊有一個天然的岩石的平臺，上面建著一個大窯，窯口冒著火焰和濃煙。這是燒碗盞的。平臺上有野人們在工作。有的打粘土，有的製器皿，有的燒火。這裡儼然是一個小工廠，他們所製造的器皿雖粗，形式卻很美觀，可用以盛馬鈴薯、盛鹽、盛糖。他們工作都很認真而盡責，從不偷閒，永無爭吵。軍官看了這分工合作的辦法，這忠勤簡樸的民眾，和這和平歡樂的景象，他覺得真可佩而可羨。他想，這正是一個理想的國家的縮型。

光陰如箭。軍官雖沒有日曆，但由他的經驗和時節氣候的變遷，他知道在野人國已過了四五個月。這時候已是秋天了。他漸漸懂得他們的言語，現在他差不多已能和他們隨意閒談了。有一次，野人王工作完畢，便來找他閒談。他們兩人坐在地上晒太陽，一面就開始談話：

「你們這裡真好！地方又好，人又好！」軍官真心地稱讚。

「地點的確很好！至於人民，就是大家能互相幫助，互相愛護罷了。」野人王說。

「你們究竟共有幾百人？我還沒有清楚。」軍官問。

「約有五百人呢！」野人王回答。「你們呢？你們世界上大約有幾千人吧？」

「不止！有幾萬萬呢！」軍官心中不覺好笑。

「萬？什麼是萬？」野人王很奇怪。

「一萬就是十千。我們共有幾萬萬！」軍官解釋給他聽。

「啊，真多！」他似乎不能相信，因為多得不能想像。「那麼，都是像你這樣身上沒有毛的吧？」

「自然都沒有毛的。」軍官回答。他覺得太陽晒得怪熱，便把自己的衣服脫下。裡面穿的是一件織得特別細緻的夾棕衣，中間還填滿了蘆花。這是野人王叫他的人民為軍官特製的。因為恐怕他身上沒有毛，禁不起冷，所以特製這夾棕衣給他。他把脫下的衣服在地上一丟，同時發出「丁零」一聲。

「什麼東西？你袋裡有什麼東西？」野人王聽到這聲音便問。

「這是我袋裡的鑰匙，是從前帶來的。鑰匙！你知道？」軍官恐他不懂這名字，故反復問一句。

「什麼是鑰匙？」他果然不懂。

「這就是——」軍官覺得有些難以解釋，他一面拿起衣服從袋裡取出那串鑰匙。「你看，是這樣的東西。我們的衣服等藏在箱子裡，箱子關好後，一定要在上面加一個『鎖』。鎖好之後，箱子便不能再開。要開的時候，一定要用這種鑰匙才行。」軍官以為已解釋得很清楚。

「那麼為什麼一定要把箱子鎖好呢？」野人王還是不懂。

「因為如果不鎖好，別的人便要來偷。」他看見野人王聽到「偷」字茫然不解，便繼續說：「『偷』就是有些不好的人等物主不在的時候，把箱子裡的衣服等東西私下拿了去。倘使——」

「有這樣的事嗎？」野人王打斷了他的話，很驚奇地問。「怎麼可以偷呢？哈哈，你們世界上的事真奇怪！」這時，站在旁邊的幾個野人都驚奇得笑起來。

「是的，你們聽了原要奇怪。」軍官臉上不覺有羞慚之色。「我們的世界沒有你們這樣好，故我們的箱子一定要鎖好，不鎖便有人要偷。倘使我的衣服被人偷了去，我便沒得穿，便要覺得冷。」

「你冷了，偷的人難道不冷嗎？別的人難道都不冷嗎？」野人王驚異地問。

「哦？」軍官不懂他的意思。「我冷了，別的人怎麼會冷呢？」

「咦！你們的世界真太奇怪了。怎麼一個人冷了，別的人都不冷呢？」野人王說。這時旁聽的野人都表示異常的驚奇。

「我是我，別人是別人。我冷了，與別人有什麼關係？偷的人既已得了衣服，哪裡還會冷呢？別的人只要有衣服，當然是不冷的。」

「啊，原來你們和我們不同。我們五百人中，若有一人冷了，其餘的人大家覺得冷。因為我們個個都有赤心！」他說著便解開棕衣，露出他的赤心。「你看，

是這樣的東西。」

軍官看時，只見他胸前突出一個很大的心形，鮮紅得非常可愛。

「我們五百人都有赤心，不過大小稍異。」他繼續說。「我是他們的王，故我的赤心最大。那六個是官，赤心比我略小。其餘的都是民眾，他們的赤心又比官的略小。赤心越大，感覺越靈敏。譬如五百人中有一人沒有衣服而冷了，我最先有同感，其次是官覺得冷了，然後人民都覺得冷了。」

「啊，有這樣的事嗎？」軍官奇怪之極，幾乎不能相信。

「這有什麼奇怪？我們覺得這是很平常，很合理的事。你們世界上的事才真奇怪呢！什麼『鑰匙』，什麼『偷』……啊，你還有什麼奇怪的東西從世界中帶來嗎？」

「還有——」軍官遲疑了一會。可是野人王早已拿起地上的衣服，自己伸手在袋裡搜尋了。他取出一疊鈔票來。

「這是什麼東西？」他問，一面把手裡的鈔票分給旁邊的野人鑒賞，大家翻來翻去地細細地看。

「多麼精美的東西！」旁邊一個野人不覺喊道。「我知道了，這一定是你們玩的！」

「不是玩的，這是我們世界上最重要的東西。這叫做『鈔票』！」軍官為他們解釋。

「有什麼用處呢？」他們齊聲問道。

「這可以拿了去買東西。『買』就是拿這種鈔票去向別人交換你所需要的東西。譬如你想吃馬鈴薯，你便可拿鈔票去買。」

「那麼沒有鈔票呢？」他們又問。

「沒有鈔票便不能買，只好挨餓。我們世界上很不好，有些人有很多的鈔票，有些人一張也沒有。沒有鈔票的人便只好挨餓。」軍官說到這裡，不覺現出憤恨。

「沒有鈔票的人餓了，別的人難道不餓嗎？」他們又很奇怪。

「別的人有鈔票，要吃東西只要去買，自然不會餓的。」軍官還是現著憤恨。

「哈哈，你們又和我們不同了；我們五百人中若有一人餓了，其餘的人都覺得餓，心裡都很不安。一定要等那人吃飽了，方才大家都舒服。因為我們都有赤心，五百個胃都相關的。」

「原來如此！」軍官不勝羞慚，又不勝羨慕。這時野人們都要去工作了。軍官卻還是坐在那裡獨自出神。他想：

「這裡真是一個理想的世界！我以前因為見他們身上有毛，故把他們當作野人看，這真是褻瀆了他們。原來這裡不是野人國，這裡是赤心國！那個胸部最高的不是野人王，他是理想世界的領袖，是赤心國的國王！那些鑰匙，鈔票，的確是奇怪的東西，是可恥的東西！」他忽然想起了褲袋裡的手槍。「啊，還有這東西！這是何等野蠻，何等可恥的東西！幸虧這手槍還沒被他們看見。如果給他們知道了它的用處，他們將怎樣地笑我們，我將何等地羞恥！他們若知道我以前曾把他們當作野人看，他們一定要說：『你們痛癢不關，自相殘殺，你們才是野人！』啊，我必須小心藏好這手槍，無論如何不能給他們看見。」他覺得手槍硬硬的在他身邊，怪不舒服。

可是有一次，軍官不小心把手槍落在地上。恰巧被赤心國的國民看見了。他們忙拾起來，喧嘩地爭著看，一面問他是什麼東西。赤心國的國王也來了。

「多麼精緻的東西！這是做什麼用的？」國王好奇地問，似乎希望再聽到一些奇怪的事。

「這是——」軍官現出很狼狽的樣子。「這不過是一種裝飾品罷了。」他說謊了，態度很不自然。

「啊，多美麗的裝飾品！你們的世界上真好，有這麼精美的裝飾品！」他們齊聲真心地稱讚，大家輪流把手槍在身上試掛，現出很高興的樣子。軍官在旁看了，現出尷尬的神情。幸而他們只拿來掛掛，就還了他，並沒有細玩。他才放心了。

自此軍官不再把手槍拿出來。他安心地在赤心國裡和他們共用和平幸福的生活著。

有一個半夜裡，天氣很冷。軍官正睡得很熟。忽聽見五百人都起來，喧嘩不住。軍官被他們驚醒，忙跑出洞來問。只見圍著一個不穿棕衣的青年，正在關心地問他什麼。那管衣的官忙拿了一件新的棕衣來給他披上。原來這人夜裡起來到洞口小便，忽然一陣大風把他身上的棕衣吹了去，他冷得發抖，使得所有洞裡的人都覺得冷，所以大家起來查問。他們見軍官也起來了，大家問他：「對不起得很！你也覺得冷了嗎？」軍官回答說，他並不覺得冷，不過聽見他們喧嘩，所以起來問問。

又有一天的正午，大家正在吃馬鈴薯。忽然中央的國王皺著眉頭高聲問周圍的人：

「我覺得很餓，你們都覺得嗎？」

「啊，果然餓得很！」大家仿佛被提醒了，齊聲回答。

「你們趕快去調查，不知有誰沒吃飽呢！」國王關心地吩咐那些管食事的官。

他們不等國王說完，早已跑去偵查了。不久，他們拉著一個孩子來了。

「這孩子到山上去採花，迷了路不能回來，肚子餓得很！」他們一面拉著他過來，一面報告國王和大家。

那管馬鈴薯的官忙捧了一碗馬鈴薯來給那孩子吃。他便捧著碗大吃。他吃飽後，大家方才覺得飽了，現出舒服的樣子。

又有一次，潮水來了。聲音宏大而可怕，像獅吼，又像打雷。在海邊工作的人來不及逃避，幾乎被潮水卷去。他們拉住海邊的蘆葦，拼命掙扎。忽然國王慌張地從洞裡出來，四顧而大喊：

「有誰遇著災難了？大家快去查！」

他沒有說完，許多人民都紛紛從洞裡出來，臉上都有驚慌之色，一齊叫道：

「我們身上也覺得不安，一定是誰遭遇禍患了！」於是大家忙向四處尋找。

「呀！你們看，潮水裡不是有人在掙扎嗎？」國王同那鹽務官同聲喊起來。民眾看見如此，忙去拿竹竿來救。海邊的人拉住了竹竿，爬上岸來。管衣的官早已拿了新的棕衣來給他們換。大家都去慰問。軍官和國王也去問訊。幸而沒有被潮水卷去。

軍官看了這種現象，覺得驚奇，羞慚，又歡喜。他想：「我雖然沒有赤心，但我要竭力仿他們做。」自此軍官和他們同歡樂，共患難。他每天幫他們做些輕便的工作。除了身上沒有毛和赤心之外，他簡直和他們一樣了。

這一天，天氣很好。軍官和許多人民在棕櫚樹間工作。和暖的太陽射入林中，晒在他們身上，溫暖得全身很舒服。他們一面工作，一面閒談：

「你們的世界真好！我希望永遠住在這裡。」軍官說。

「我們也希望你永遠和我們在一起！」他們高興地說。

「前幾天潮水幾乎把你們的同胞卷了去，我看見你們大家立刻現出不安和驚慌。難道你們不僅是凍和餓大家同感，連災難也有同感的嗎？」軍官想起了前幾天的事，便問。

「當然！只要一個人遭了災禍，我們大家便覺得有親自遭災禍似的感覺。」

他們回答。

「那麼你們之中若有一個人生了病，五百人便都生病嗎？」軍官暫停了工作，奇怪地問。

「生病？是什麼意思？」他們望著軍官，不懂這話。

「你們有人死的時候，怎麼樣呢？」軍官不答而問。

「我們凡到了很老的時候，便安然死了，一點苦痛也沒有。我們把屍體縛在板上，大家唱著悲哀的歌送他到海裡去。」

「啊，原來你們都是無病而逝的！」軍官不覺自語。

「……？」他們疑惑地向他望，不懂他的話。

「如果你們的國王死了，誰即王位呢？」他忽然想起了這問題。

「如果國王死了，人民中自然有人的赤心變大起來。誰的赤心最大，誰便是我們的王。因為做王的應該有最大的赤心。」他們回答。這時候，平原上傳來敲石器的聲音。大家便停止了工作，一同去用午餐。

軍官覺得這種生活有趣得很。他跟著他們日出而作，日入而息。閒時散散步，看看風景，或是和他們談談天。度著這種和平幸福的生活，他的身體一天健康一天了。

光陰如飛，時候已到嚴冬了。山上那株大橘子樹已經結實累累。果實又大又紅又可愛。有一天，國王指著這橘子樹對軍官說：

「你看，這些橘子都已成熟了！等我們每人嘗了一個後，便把所有的橘子採下來，剝出來，放了糖，燒甜羹吃。這時候便要開一個大的宴會。你一定歡喜參加的。」

軍官很高興。他想，這和我們的過年無異。

沒有幾天之後，第一個橘子落下來了。他們拾得後，便拿去獻給國王先嘗。第二個落下後，便拿來送給軍官嘗。其次的給六個官。以後便按著年紀的大小，順次分給人民。所有的人都嘗到後，樹上還有許多橘子沒有落下。於是他們便爬上去盡數採了下來。這一天，大家停止每日的工作，圍著橘子堆剝皮。剝好之後，放入一個很大的沙鍋裡，加了許多甘蔗糖燒起來。酸甜的香氣從鍋中噴出，散遍了滿個平原。

不久，橘子羹燒好了。他們把大鍋子放在中央，請國王、軍官和六個官坐在鍋旁。幾百人民繞著他們圍成圓形。各人手裡捧著一大碗橘子羹，歡樂地吃。軍官覺得的確好吃，又甜，又酸，又香，又鮮。這時候，沒有一個人不喜形於色。有時候，他們放下碗，手攙著手，繞著國王等跳舞，口裡唱著慶祝的歌。國王也歡樂之極，哈哈大笑。

「呀，我想起了，你不是有一件很精美的飾品嗎？當這快樂的時候，為什麼不把它拿出來掛著？」國王忽然問軍官。

軍官沒法，只好把手槍從衣服裡取出。國王一面細細玩賞，一面親自替他掛上。忽然「砰」的一聲，軍官倒下了。原來國王不知道，碰動了那扳機。子彈飛出，卻巧穿過軍官的喉邊，流血不止。他立刻昏了。眾人非常驚駭，忙聚集攏來。幸而子彈沒有傷及喉管，只是在其旁的肉裡通過。不一會，他略略清醒了些，但不能講話，也不能動。他隱約聽見眾人驚駭及詫異：

「這不是裝飾品吧？這究竟是什麼呢？」有的懷疑了。

「他們的世界到底不好！怎麼有這樣危險可怕的東西？」有的搖著頭太息。

「他有沒有死？我們怎麼救他呢？」大家同情地說。

眾人紛紛地議論了好久，終於沒有辦法。有的說，他一定死了，為什麼他不動呢？國王起初也驚慌，但不久就鎮靜了。他問眾人：

「我想他一定痛苦，你們都覺得痛嗎？」

「奇怪，我們都不覺得痛。」眾人回答。

「我也不覺痛苦。大概他和我們沒有關係的。我想，他一定就要死了。」國王說到這裡，現出悲哀樣子。眾人也都悲傷起來。不一會，國王又說：

「現在，你們大家靜聽我講！你們都知道，這人是從中央的小洞裡出來的。以前我常常吩咐你們，大家應該向這小洞禮拜，祈禱上蒼保佑我們，切不可進去窺探。但我沒有把這理由告訴你們。現在我告訴你們這理由：每當一個王傳位給另一個王的時候，必定將一句話傳下。這話就是『中央的小洞裡萬不可去窺探，因為這洞通一個不好的世界。』我以前不把這事告訴你們，是因為恐怕你們知道這洞是通另一個世界的，心中起了奇異之感而偷偷地去窺探。當我初見這人時，我以為他一定很壞。哪知後來看他倒很好。但從他的口中，你們一定相信那世界的確是很壞的。況且他們竟有這種可怕的殺人的傢伙！現在這人既已無知覺，我們趕快把他送入海中，現在，我告訴你們，讓我們趕快把這危險的洞封了，免得再有後患。好，大家聽我的命令！你們幾十個人快去封洞！喂，你們幾個人來，把這不幸的人縛在木板上！」國王結束了他的說話。

軍官沒有完全昏去，他聽見國王的話，但他不能動，只好任他們縛。他很不願離開這地方，心中很悲傷，恨不得立刻掙扎起來，告訴他們：「我雖是從那壞世界中來的，但我不是壞人！」可是他沒有氣力。

「不要忘記把那可怕的『裝飾品』給他帶回去！」他隱約聽見國王的聲音。於是他聽見他們齊聲唱追悼歌，遂即覺得身入水中，他又昏過去了。

當他醒來的時候，發現

自己安臥在船艙裡的床上。原來他已被一隻大輪船上的水手們救了起來，傷口已被搽上藥膏，綳上紗布。床的周圍站著醫生、看護婦和別的人，他們都注視著他。現在他完全清醒了。大家忙問他是怎麼一回事。他便斷斷續續地把他所遇的一切完全告訴他們。

全船的人都知道了這軍官的奇遇。有的人不信，有的人半信半疑，有的完全相信，並且說一定要親自駕駛了帆船去尋找這赤心國。

軍官不管他們信與不信，他心裡永遠憧憬著赤心國裡的和平幸福的生活。當這大輪船泊岸之後，他便回到家鄉，把他因躲警報而得的奇遇講給人們聽，並且希望把我們的社會改成同赤心國的一樣。人們聽他講到胸前那顆赤心，大家都笑他發癡。有的人說，他大約被炸彈嚇壞了，所以講這些瘋話。但他不同人爭辯，管自努力考慮改良的辦法。他到現在還在努力考慮著。

卅六年十月於杭州

（本篇原載《論語》一九四七年八月一日第一三四期）

吃糕的話（代序）

我小時候要吃糕，母親不買別的糕，專買茯苓糕給我吃。很甜，很香，很好吃。後來我年稍長，方才知道母親專買茯苓糕給我吃的用意：原來這種糕裡放著茯苓。茯苓是一種藥，吃了可以使人身體健康而長壽的。

後來我年紀大了，口不饞了，茯苓糕不吃了；但我作畫作文，常拿茯苓糕做榜樣。茯苓糕不但甜美，又有滋補作用，能使身體健康。畫與文，最好也不但形式美麗，又有教育作用，能使精神健康。數十年來，我的作畫作文，常以茯苓糕為標準。

這冊子裡的十二篇故事，原是對小朋友們的笑話閒談。但笑話閒談，我也不歡喜光是笑笑而沒有意義。所以其中有幾篇，仍是茯苓糕式的：一篇故事，背後藏著一個教訓。這點，希望讀者都樂於接受，如同我小時愛吃茯苓糕一樣。

一九四七年九月二十日子愷於西湖記

博士見鬼

林博士，是研究數學的人。他曾經留學西洋，發明一個數學定理，得到國際學術研究會的獎。回國以後，他在國立大學當理學院院長，一方面繼續研究。他是一個光明正大的科學家。然而他曾經看見鬼，而且吃了鬼的許多苦頭。你們倘不相信，請聽我講來。

林博士回國後，就同一位王女士結婚。這王女士也是研究數學的，曾在大學數學系畢業，成績十分優良。兩人志同道合，夫妻愛情比海更深。博士曾對他的太太說：「倘沒有了你，我不能繼續研究。」太太也說：「倘沒有了你，我不能做人！」兩人愛情之深，由此可以想見。

哪裡曉得結婚的後一年，林太太忽然生病，是一種傷寒症，非常沉重，百計求醫，毫無效果。眼見得生命危在旦夕了。有一天，林博士坐在病床上摸她的脈搏，覺得異常微弱，吃驚之下，掉下淚來。王女士看見了，心知絕望，悲傷之餘，緊握林博士的手，嗚咽起來。林博士安慰她。她和淚說道：「我這病不會好了……

我死後，你……」說不下去了。林博士感動之極，接著說：「你一定會好的。假定你真個死了，我永遠不再結婚。」兩人默默地哭泣，不久之後，林太太果然一命嗚呼，與林博士永別了。林博士抱著林太太的屍體，號啕大哭，他用嘴巴貼著林太太的耳朵，哀哀地告道：「我永遠為你守節！我永不再和別人結婚，請你安眠在地下等候我吧！」旁邊的人都揩眼淚。

林太太死時，正是陰曆年底。林博士忙著辦喪葬，一直忙到開年，方始了結。林博士鰥居，起初很悲傷，後來漸漸忘情，哀悼也淡然了。過了一二個月，獨行獨坐，獨起獨臥，覺得非常寂寞。他漸漸感到沒有太太的苦痛了。後來，覺得飲食起居，一切日常生活，都非常不便。他漸漸感到沒有太太的不合理了。他不免向親戚朋友訴說獨居的苦處。親戚朋友就勸他續弦。他想起了王女士臨終時他所發的誓言，起初堅決否定。後來他想，人已經死了，對她守信，於她毫無益處，而於我卻實在有礙。這可說是愚笨的，不合理的行為。況且她生前如此愛我，死而有知，一定也不願意叫我獨居受苦。我死守信用，反而使她在地下不安。……他的心念一轉，就決意續弦。其實他是科學家，根本不相信有鬼的。

親戚朋友介紹親事的很多，他終於愛上了一位李女士。清明過後，就是他的前太太王女士死後約三個月，他就和李女士結婚。李女士是大學教育系畢業的，循規蹈矩，非常賢淑，當一個著名學者的太太，是最合格的。兩人情愛，又是很深。但在林博士方面，對後妻的愛，終不似對前妻的愛那樣純全。他每逢歡喜的時候，往往忽然斂住笑容，陷入沉思；或者顰眉閉目，若有所憂。晚上睡夢中，他又常常囈語，語音悲哀，沉痛，甚至嗚咽。李女士推他醒來，問他做什麼噩夢，他總笑著說：「沒有做噩夢，不知怎的會夢囈。」

林博士這種憂愁和夢囈，後來越發增多，使得李女士驚奇。李女士屢次盤問他有何心事。他起初總是推託沒有心事，後來自己覺得太苦，就坦白地說了出來：「不瞞你說，我的前妻臨終時，我曾對她起誓：永不再娶。後來我背了誓約，和你結婚。我想起此事心甚抱歉。最近的憂愁和夢囈，便是為此。」

李女士是十分賢淑的人，一聽此話，大為驚駭。她是循規蹈矩的人，以為失信背約，是一大罪惡。她又是半舊式女子，不能完全破除迷信，就疑心林博士的憂愁和夢囈，是前太太的鬼在作祟。她就後悔，自己不該和林博士結婚。因此想起，前太太的鬼對她一定也很妒恨。她怕極了！從此她也常常憂愁，常常夢中哭喊。從此林博士夫婦二人，常常見鬼。有一天晚上，李女士看見門角落裡仿佛有一隻面孔，正與王女士的遺像相似。有一天晚上，電燈熄了，她彷彿看見一個女人走上樓梯，忽然不見了。又有一天半夜裡，她同林博士共同聽見一個女子的啜泣聲，林博士說聲音很像他的前妻的。又有一天半夜裡，二人同時從夢中驚醒，因為大家夢見王女士披頭散髮，血流滿面，來拉他們二人同到陰司去。……幸福的家庭，變成了憂愁苦恨的牢獄！

年關到了。王女士逝世，已經周年。冬至那一天晚上，林博士夫婦二人，請和尚來誦經；在靈座前，二人虔誠地膜拜。李女士拜下去，口中喃喃有詞，意思是向死者道歉，請她原諒她誤嫁林博士的罪過。林博士默默禱告，請死者原諒他的背約。和尚誦經到夜深始散。

次日早晨，李女士走到靈前，「啊喲！」驚叫一聲，全身發抖，倒在椅上。林博士追出來看，李女士用手指著靈座，不作一聲。一看，原來靈座上的紙牌位，已經反身，寫著「先室王某某女士之靈位」的一面向著牆壁了！這在李女士看來，明明是死者的顯靈，表示痛恨他們，不受他們的道歉，不要看他們。終於兩人恭敬地將牌位反過來，點上香燭，又是虔誠地膜拜。

誰知第二天早晨，紙牌位又是面向牆壁了！畢生研究科學而不信鬼的林博士，

這回也信心動搖起來。他小心地將紙牌位旋轉，然後上香燭，二人雙雙跪下，一拜，再拜。

豈料第三天早晨，紙牌位又是面向牆壁了！二人又把它扶正，又是焚香禮拜。此時林博士已確信有鬼，李女士更不消說。從此以後，二人見鬼更多，一切黑暗的地方，都有王女士的臉孔，而且相貌猙獰。李女士憂懼過度，寢食不調，不久竟成了病。醫生說是心臟病，只要營養好，可以康復。但李女士在病床上日夜見鬼，嚇也嚇飽了，哪有胃口去吃參藥粥飯？因此，身體越弄越瘦，病勢越來越重。病了一春一夏，病到這一年的秋末冬初，李女士又是一命嗚呼！臨終時連聲地喊：「來討命了，來討命了！」

前妻的靈座還沒有撤除，第二妻又死。林博士堂前設了兩個靈座，兩個紙牌位。這一年又到冬至，照例又祭祀。和尚經懺散後，林博士獨自在靈堂前，看看兩個靈座，覺得這兩年來好似一場惡夢，現在方始夢醒。他想，我畢生研究學術，讀破萬卷，從未知道鬼神存在的理由。難道世間真有鬼嗎？他發一誓願：我今晚不睡，在兩妻的靈前坐守一夜。倘真有鬼，即請今晚顯靈，當面旋牌位給我看！他正襟危坐在靈前熒熒的燭光之下，注視兩個紙牌位，目不轉睛。

夜深了，鴉雀無聲，但聞鄰家農夫打米的聲音。這地方農夫很勤謹，利用冬日的夜長，冬至前後必做夜工。林博士耳聞打米「砰、砰」之聲，眼看兩個牌位。他忽然興奮，立起身來。因為他親眼看見兩個紙牌位在桌上一跳一跳地轉動。每一跳與打米的每一「砰」相合拍；而轉動的速度很小，與時表上長針轉動的速度相似。於是他明白了：原來鄰家打米，使地皮震動；地皮影響到桌子，使桌子也震動；桌子影響到紙牌位，使紙牌位跟著跳動。又因桌子稍有點兒傾斜，故紙牌位每一跳動，必轉變其方向；轉得很微，每次不過一度的幾分之一。然而打米繼續數小時，振動不止千百次；紙牌位跳了千百次，正好旋轉一百八十度，便面向牆壁了。

林博士恍然大悟，他拍著靈座，大聲地獨白：「鬼！鬼！原來逃不出物理！」繼續又慨嘆道：「倘使去年就發見這物理，我的後妻是不會死的！她死得冤枉！」

（本篇原載《兒童故事》一九四七年四月第四期）

伍元的話

我姓伍，名元。我的故鄉叫做「銀行」。我出世後，就同許多弟兄們一齊被關在當地最高貴的一所房屋裡。這房屋銅牆鐵壁，金碧輝煌，比王宮還講究。只是門禁森嚴，我不得出外遊玩，很不開心。難得有人來開門，我從門縫裡探望外界，看見青天白日，花花世界，心中何等豔羨！我恨不得插翅飛出屋外，恣意遊覽。可是那鐵門立刻緊閉，而且上鎖。這時候我往往哭了。旁邊有個比我年長的人，姓拾，名字也叫元的，勸慰我說：「不要哭，你遲早總有一天出門的。你看，他們給你穿這樣新的花衣服，原是叫你出外遊玩的。耐心等著，說不定明天就放你出去了。」我聽從這位拾大哥的話，收住眼淚，靜候機會。

果然，第二天，一個胖胖的人開了鐵門，把我們一大群弟兄一齊拉了出去。「拾大哥再會！」我拉住胖子的手，飛也似的出去了。外面果然好看：各式各樣的人，各式各樣的景致，我看得頭暈眼花了。不知不覺之間，胖子已把我們一群人交給一個穿制服的人。這人立刻把我關進一個黑皮包中，我大喊：「不要關進，讓我玩耍一會！」但他絕不理睬，管自關上皮包，挾了就走。我在皮包內幾乎悶死！幸而不久，皮包打開，那穿制服的人把我們拖出來，放在一個桌子上。我看見桌子的邊上有一塊木牌，上寫「出納處」三字。又看見一堆信殼，上面印著「中心小學緘」五個字。還有一隻鈴，閃亮地放在我的身旁。我知道，他是帶我們來參觀學校了。我想，他們的操場上一定有秋千，浪木和網球，籃球，倒是很好玩的！誰知他並不帶我們去參觀，卻把我們許多弟兄們一一檢點，又把我們分作好幾隊：有的十個人一隊，也有八個人一隊、六個人一隊……只有我孤零零地一個，被放在桌子的一旁。

「這是什麼意思？」我一邊看那人打算盤，一邊心中猜想。忽見那人把我們的弟兄們，一隊一隊地裝進信殼裡，且在每個信殼上寫字。只有我一人未被裝進，還可躺在桌上看風景。我很高興，同時又很疑惑。那人在每個信殼上寫好了字，就伸手按鈴。「丁丁丁丁……」聲音非常好聽！我想，他大約對我特別好，要和我一起玩耍了。豈知忽然走來一個麻子，身穿一件破舊的粗布大褂，向那人一鞠躬，站在桌旁了。那人對麻子說：「時局不好，學校要關門。這個月的工錢，今天先發了。」就把我交給他，又說：「這是你的。你拿了就回家去吧。校長先生已經對你說過了嗎？」那麻子帶了我，皺著眉對那穿制服的說：「張先生，學校關了門，教我們怎麼辦呢？」那人說：「日本鬼子已經打到南京了，你知道麼？我們都要逃難，大家顧不得了。你自己想法吧！」麻子哭喪著臉，帶我出門。

麻子非常愛護我。他怕我受寒，從懷中拿出一塊小小的毛巾來，把我包裹。嘴裡說：「可惡的日本鬼，害得你老子飯碗打破。這最後的五塊錢做什麼呢？還是買了一擔米，逃到山鄉去避難吧。」我在他懷裡的溫暖的毛巾內睡覺了。等到醒來，不見麻子，只見一個近視眼，正在把我加進許多弟兄的隊伍裡去。旁邊坐著一個女人，愁眉不展，近視眼一面整理我們的隊伍，一面對那女人說：「聽說松江已經淪陷，鬼子快打到這裡來了。市上的店都已關門，我們只好拋棄了這米店，向後方逃難。但是總共只有這點錢（他指點我們），到後方去怎麼生活呢？」這時候我才明白：人們已在打仗，而逃難的人必須有我們才能生活。我很自傲！我不必自己逃難，怕他們不帶我走？怕他們不保護我？我又睡了。

我睡了一大覺醒來，覺得身在一個人的衣袋裡，這衣袋緊貼著那人的身體，溫暖得很。那人在說話，正是那近視眼的口音：「聽船老大說，昨天這路上有強盜搶劫，一船難民身上的鈔票盡被搜去，外加剝了棉衣。這怎麼辦呢？」他說時用手把我們按一按。又聽見一個女人的聲音，低聲地講些什麼，我聽不清楚。但覺一隻手伸進袋來，把我和其他許多弟兄拉了出去。不久，我們就分散了。我和其他三個弟兄被塞進一個地方，暗暗的，潮濕的，而且有一股臭氣的地方。忽然上面的一塊東西壓下來，把我們緊緊地壓住。經我仔細觀察，才知道這是腳的底下，毛線襪的底上！我苦極了！那種臭氣和壓力，我實在吃不消。我大喊「救命」，沒有人理睬。我昏昏沉沉地睡著了。

我醒來，發見我和其他許多同伴躺在油盞火下的小桌上。那近視眼愁眉不展地對那女人說：「聽說明天的路上，盜匪更多，怎麼辦呢？鈔票藏在腳底下，也不是辦法。聽說強盜要搜腳底的。」女人想了一會，興奮地說：「我有好辦法了。我們逃難路上不是帶粽子嗎？我們把粽子挖空，把鈔票塞進，依舊裹好，提著走路。強盜不會搶粽子的。」兩人同意了。女的就挖空一隻粽子，首先把我塞進，然後封閉了。這地方比腳底固然好些。糯米的香氣也很好聞。可是弄得我渾身粘濕，怪難過的！我被香氣圍困，又昏沉地睡著了。

一種聲音將我驚醒，原來他們又在打開我的粽子來了。但聽那女人說：「放在這裡到底不是久長之計。路上要操心這提粽子，反而使人起疑心；況且鈔票被糯米粘住，風乾了展不開來，撕破了怕用不得。你看，已經弄得這樣了！據我的意思，不如把鈔票縫在褲子裡。強盜要剝棉衣，褲子總不會剝去的。還是這辦法最穩妥。」兩人又同意了。我就被折成條子，塞進一條夾褲的貼邊裡，縫好。近視眼就穿了這褲子。其他同伴被如何處置，我不得而知了。這裡比粽子又好些，可是看不見一點風景，寂寞得很！我只是無晝無夜地睡。

這一覺睡得極長，恐怕有四五年！我醒來時，一個女人正在把我從夾褲的貼邊裡拉出來，但不是從前的女人，卻是一個四川口音的胖婦人了。她一邊笑著說：「舊貨攤上買一條夾褲來，邊上

硬硬的，拆開一看，原來是一張五元鈔票！」把我遞給一個紅面孔男人看。男人接了我，看了一會，說：「唉，想必是逃難來的下江人，路上為防匪劫，苦心地藏在這褲子裡，後來忘記了的。唉，這在二十六年（指一九三七年），可買一擔多米呢！但是現在，只能買一個雞蛋！可憐可憐！」他把我擲在桌上了。我聽了這話，大吃一驚。我的身價如此一落千丈，真是意外之事！但也有一點好處：從此沒有人把我藏入暗處，只是讓我躺在桌上，睡在燈下，甚或跌在地上。我隨時可以看看世景，沒有以前的苦悶了。

有一天，掃地的老太婆把我從地上撿起，抖一抖灰塵，說：「地上一張五元票，拿去買開水吧！」就把我塞進衣袋中。我久已解放，一旦再進暗室，覺得氣悶異常！我打著四川白說：「硬是要不得！」她不聽見。幸而不久她就拉我出來，交給一個頭包白布、手提銅壺的男人。這男人把我擲在一隻籃子裡。裡面已有許多我的同伴躺著，坐著，或站著。我向籃子外一望，真是好看！許多人圍著許多桌子吃茶，有的說，有的笑，有的正在吵架，我從來沒有見過這樣熱鬧的光景，我樂極了！我知道這就是茶店。我正想看熱鬧，那頭包白布、手提銅壺的男人把我一手從籃中拉出，交給一個穿雨衣戴眼鏡的人，說道：「找你五元！」那人立刻接了我，把我塞入雨衣袋裡。從此我又被禁閉在暗室裡了！無聊之極，我只有昏睡。

這一覺又睡得極長，恐怕又有四五年！一隻手伸進雨衣袋內，把我拉出，我一看這手的所有者，就是當年穿大衣戴眼鏡的人。他笑著對一青年人說：「啊！雨衣袋裡一張五元鈔票！還是在後方時放進的。我難得穿這雨衣，就一直遺忘了它，到今天才發現！」他把我仔細玩弄，繼續說：「不知哪一年，在哪一地，把這五元鈔票放進雨衣袋內的。」我大聲地喊：「在四五年之前，在四川的茶店內，那頭包白布、手提銅壺的人找你的！」但他不聽見，管自繼續說：「在抗戰時的內地，這張票子有好些東西可買（我又喊：「一個雞蛋！」他又不聽見），但在勝利後的上海，連給叫化子都不要了！可憐可憐！」坐在他對面的青年說：「我倒有一個用處，我這桌子寫起字來搖動，要墊一墊腳。用磚瓦，嫌太厚；把這鈔票折起來給我墊桌子腳，倒是正好。」他就把我折疊，塞入桌子腳下。我身受重壓，苦痛得很！幸而我的眼睛露出在外面，可以看看世景，倒可聊以解憂。

我白天看見許多學生進進出出。晚上看見戴眼鏡的人和青年睡在對面的兩隻床鋪裡。我知道這是一個學校的教師宿舍，而這學校所在的地方是上海。原來我又被從四川帶回上海來了。從戴眼鏡的人的話裡，我又知道現在抗戰已經「勝利」；而我的身價又跌，連給叫化子都不要，真是一落萬丈了！想到這裡，不勝感嘆！

我的嘆聲，大約被掃地的工人聽見了。他放下掃帚，來拉我的手。我仔細一看，大吃一驚：原來這人就是很久以前拿我去買一擔米的那個麻子！他的額上添了幾條皺紋，但麻點還是照舊。「舊友重逢」，我歡欣之極，連忙大叫：「麻子伯伯，你還認得我嗎？從前你曾經愛我，用小毛巾包裹我，後來拿我去換一擔米的！自從別後，我周遊各地，到過四川，不料現在奏凱歸來，身價一落萬丈，連叫化子都不要我，只落得替人墊桌子腳！請你顧念舊情，依舊愛護我吧！」他似乎聽見我的話的，把我從桌子腳下拉出來，口中喃喃地說：「罪過，罪過！鈔票墊桌腳！在從前，這一張票子可換一擔白米呢！我要它！」他就替我抖一抖灰塵，放在桌上；又用粗紙疊起來，叫它代替了我的職務，他掃好了地，帶我出門。

麻伯伯住在大門口一個小房間內，門上有一塊木牌，上寫「門房」二字。裡面有桌椅，床鋪。床鋪上面有一對木格子的紙窗。麻伯伯帶我進門，把我放在桌上。他坐在床上抽旱煙。一邊抽，一邊看我。後來他仰起頭來看看那紙窗上的一

麻子伯〻的窗

個破洞，放下旱煙袋，拿出一瓶漿糊來。他在窗的破洞周圍塗了漿糊，連忙把我貼上，喃喃地說：「窗洞裡的風怪冷，拿這補了窗洞，又堅牢，又好看。」

窗洞的格子是長方的。我補進去，大小正合適。痲伯伯真是好人！

他始終愛護我，給我住在這樣的一個好地方。我朝裡可以看見痲伯伯的一切行動，以及許多來客，朝外更可以看見操場上的升旗、降旗、體操和遊戲。我長途跋涉，受盡辛苦，又是身價大跌，無人顧惜，也可以說是「時運不濟，命途多舛」了！如今得到這樣的一個養老所，也聊可自慰。但望我們宗族復興起來，大家努力自愛，提高身份，那時我就可恢復一擔白米的身價了。

卅五年十二月十三日於南京

（本篇原載《兒童故事》一九四七年三月第三期）

一簣之功

古人有一句話，叫做「為山九仞，功虧一簣」。就是說造一座山，已經造到九仞（八尺）高了，再加一簣泥土，山就成功。一簣就是一畚箕，缺乏這一點就不成山。故凡事差一點點就不成功，叫做「功虧一簣」。譬如小學六年畢業，你讀了五年半不讀了，便是「功虧一簣」，這一簣之功，是很大的！

我逃難到大後方，曾經聽見一件「一簣之功」的故事，現在講給小朋友們聽聽：

四川省西部，有一個地方，叫做自流井。這地方產鹽有名。我曾經去參觀過自流井的鹽井。我們海邊上的人，從海水中取鹽。他們山鄉的人，從井中取鹽。但這井不是隨地可開的，只有自流井等地方可開。這井的口，不是同普通井這麼大的，只有飯碗口大小。但是深得很，有數十丈的，有數百丈的。用一個長竹筒，吊下井去。吊到井底，竹筒裡便灌滿了鹽水。拉起竹筒來，把鹽水放出，用火燒乾，便成為鹽。竹筒數分鐘上下一次，每天每井出產的鹽，很多很多！自流井地方共有數百口鹽井。所以鹽的產量，非常之大！抗戰期間海邊被敵人封鎖，沒有鹽進來。大後方的大部分人民的食鹽，是全靠自流井等處供給的。每個鹽井上面，建立一個很高的架子，是掛竹筒用的。自流井地方有幾百個架子，遠望風景很好看。

在講故事之前，我們必須先講鹽井的掘法。要掘鹽井，先須請內行專家來看地皮，同看風水一樣。專家說：這地下有鹽，就可以開掘。但他的話不一定可靠。因為多少深的地方有鹽水，是說不定的。究竟有沒有鹽水，也是說不定的。所以掘鹽井竟是一樁冒險的事業。你要曉得，掘井的工夫很大：飯碗大小的一個洞，要打下數十百丈深，必需許多人，用許多工具，費許多日子，慢慢地打下去。打幾個月，然後有分曉。如果打了幾個月，果然有了鹽水，那功就是成了。如果打了幾個月，毫無鹽水，這工夫就白費！自流井的地底

下雖然多鹽水，但並非可以到處開鹽井。白費工夫的實在不少！

我到自流井遊玩，本地的友人陪我去參觀各大鹽井。其中有一個產量最大的鹽井，叫做「金釵井」。我問本地人，為什麼叫「金釵井」，他們就告訴我一個奇離的故事。現在我轉述給諸位小朋友聽：

從前，自流井有一位寡婦。她的家境並不好，卻有許多子女。她為子女打算，決定把所有財產變賣了，去請掘井專家來掘鹽井。她想，如果掘得成功，子孫世世代代，吃用不盡。於是她實行了：先請專家來看地；看定了地，再請掘井工人來動手。她每天供給工人工錢和飲食。掘了數十天，掘出來的只是石屑，並沒有鹽水。再掘下去，仍是石屑！掘了一百多天，總是不見鹽水！工人告訴寡婦：「老闆娘，這工作沒有成功的希望了，還是作罷，免得再白費金錢了！」老闆娘不甘心，回答說：「你們再掘三天吧。如果再掘三天沒有鹽水，我甘心作罷。因為我還有幾匹布，可以賣脫了當作三天的工本。」工人依她的話，再掘三天。但鹽水仍是沒有。工人們再要求老闆娘罷手。老闆娘說：「請你們再掘三天吧。我還有幾擔穀，可以賣脫了當作工本。」工人也依她的話，再掘三天。掘出來的依然是石屑，卻沒有鹽水。

其實最後一天，老闆娘賣穀的錢已經用完，伙食開不成了。但這寡婦是很仁慈而慷慨的。她覺得工人們很辛苦，最後一天非款待不可。於是她拔下頭上的金釵來，典質了錢，去買酒和肉，來答謝工人們的辛苦。她說：「掘井不成功，是我的命運不好之故，與你們無關。我仍要答謝你們的辛苦。」工人們吃了她金釵換來的酒肉之後，大家覺得感激和抱歉。這晚上，工頭同工人們商量：「我們替老闆娘掘了幾個月井，毫無成功。她白費了許多錢，又典金釵來請我們吃酒肉，實在太客氣了。我的意思，我們從明天起，替她再掘三天，不要工錢，作為奉送。如果掘出鹽水，大家歡喜；如果依然沒有鹽水，我們也對得起她了。你們意思如何？」工人們一致贊成。

於是工人們盡義務，再掘三天。第一天沒有鹽水，第二天又沒有鹽水。到了第三天的傍晚，忽然大量的鹽水來了！工人們大家歡呼：「老闆娘萬歲！」老闆娘也歡呼：「老司務萬歲！」於是皆大歡喜。原來因為三天三天地延長，這井掘得特別的深，已經掘通了鹽水的大源泉。所以鹽水的產量特別的大。自流井所有的鹽井，都比不上它。於是這井就變成了自流井最大的一個鹽井。這寡婦和她的子女，因此發了大財，現在還是當地的一大財主呢。

因為寡婦典質金釵來款待工人，所以工人奉送三天。因為奉送三天，所以掘井成功。因此這井就稱為「金釵井」。假使寡婦不典金釵來買酒肉款待工人，不會再延長三天。那麼這鹽井就變成「功虧一簣」了！由此可知一簣之功，非常偉大！

有人說：「這是善的報應。因為老闆娘良心好，待人好，所以天公給她一個好的報應。」但我不喜歡這樣說，我以為這完全是科學的問題，與毅力的結果。假如地下真個沒有鹽水，即使工人們奉獻十天，也是不成功的。地下真有鹽水，人們真有毅力，就自然會成功了。小朋友們大概都贊成我的話吧。人類文明的進步，全靠科學，全靠毅力！

卅五年十月十八日在杭州作

（本篇原載《兒童故事》一九四七年二月第二期）

油缽

古代，在南方的一個國家裡，曾經有這樣一個故事。

國王要選一個赤膽忠心的人來做宰相，為人民謀幸福。怎樣選法呢？他確信凡專心致志、堅定不移的人，必定能夠盡忠報國，成就大事。他就照這標準去選人。他找了很久，發現有一個小官，最為合格。但他不敢決定，還要考考他看。有一天，他做錯了一件小事，國王大發雷霆，要辦他的罪。那是個專制國家，不像我們的有法律，一切由國王作主。國王說要怎樣，就怎樣，沒有人敢反對。那天，國王就對這小官說：「你犯罪了！現在我要罰你做一件事：我有一缽油，你捧了這油缽，從國都的北門走到南門，路上只要不掉出一滴油。這樣，不但可以免罪，而且封你做宰相。如果掉出一滴油，立刻在當地斬首！」

兵士把他押送到北門，他看見地上放著滿滿的一缽油，約有十餘斤重。這一缽油，滿到不能再滿，缽的口上，幾乎溢出來。油缽旁邊站著一個劊子手，拿著一把閃亮的大刀。這劊子手是押送他捧油缽走路的。從北門到南門有二十里路。

這小官心想，這回一定死了！這樣重而滿的油缽捧著走幾步，早已滴了；何況二十里，更何況這樣鬧熱紛亂的街道！他最初覺得非常恐怖而且悲傷；後來他想：準備死了！但我要盡我平生之力去做這件難事。萬一成功，還有活的希望。「盡人力以聽天命！」

他下了這樣的決心之後，就振作精神，走上前來，不慌不忙地雙手捧起油缽，開始走路。最初，油面略起波浪，幸而沒有滴出。他兩眼注視油缽，絕不看別處！他兩耳對於周圍一切聲音，如同不聞。總之，他全身之力，集中在油缽上，他心中只有一個「油」字，其他一概不知。這樣，他果然順利地開始進行了。豈知一路困難很多。

這消息震動了全城。許多人跑來看這奇怪的刑罰。他的前後左右，簇擁了大群男女老幼。大家跟著他走，一邊看他捧油，一邊紛紛議論。有的人說：「你們看這個人，生得一臉苦相，他一定是個殺頭犯。這樣滿的油缽，這樣遠的路程，怎麼會不掉呢？」有的人說：「你看，他的臉色發青了！他的手上青筋突起了，他的手就要發抖了！」有的人說：「前面的坡，高低不平。他上坡的時候，油一準會掉出。唉，他就要死了！……」你一聲，我一句，說得可怕之極。但他全不聽見，專心一意，只管捧著油缽，一步一步地走。

這消息傳到了他的家族和親戚那裡。他們大為驚駭，大家跑來探看。他的親戚們在他身邊悲嘆吊慰。有的說：「唉，你真命苦，犯了這樣的罪！我對你有無限的同情！」有的說：「你要小心，千萬不可掉出油來呢！」他的父母在他身邊嗚咽嗚咽地說：「我的兒呀！你死得這樣苦，做父母的肝腸寸斷了！」他的夫人在他身邊號啕大哭：「啊呀！我苦命的丈夫呀！我同你恩愛夫妻，如今不能到頭了！啊呀！我要和你一同死呀！」就滾倒在他身旁的地上。他的孩子們在他背後哭：「爸爸不要捧油！和我們一同回家去呀！……」哭得旁邊的人都掉下淚來。但他的油，沒有掉下來。因為他的心中只有「油」，沒有別的，所以一切悲嘆號哭，他都沒有聽見。這樣，他已經走了五里路，到了繁華的大街。

忽然前面有人叫喊：「標準美人來了，大家看！」原來這國有十個美女，是國王選定的，叫做標準美人。這一天，標準美人打扮得十分豔麗，乘車在市中遊行。觀者人山人海。看捧油的人們就轉向去看美人。有的說：「啊！你看她們的臉龐兒，個個像盛開的桃花呢！」有的說：「你看她們的胸脯多麼白嫩！腰身多麼窈窕！她們的腿都是透明的呢！」還有些人說：「近看更加漂亮了！竟是天上的仙子呢！」「看了這樣的美人，我死也情願了！」「不看這樣的美人而死，才是冤枉死呢！」「嗄！美人在車上舞蹈了！大家看！」……這種話聲就在他的耳邊，照理他都聽見。但他如同不聞，他目不轉睛，只管注視著手中的油缽，一步一步地，穩健地向前進行。此時他已走了十里路，到了市中心區。

標準美女過去了不久，忽然前面發生一片驚喊之聲，路上的人紛紛逃避，店鋪紛紛關門，好像我們抗戰期中來了警報。原來是一隻瘋象，逃出檻門，闖進市內，踏傷行人，撞破房屋，真是可怕得很！有幾個膽大的人，拿出刀槍來驅象；誰知那象一點不怕，張開大口，好像一扇血門，翹起鼻頭，在空中亂舞，嚇得人們東西亂竄，大喊救命。忽然又有人喊：「象師來了！」原來南國地方多象，有一種人專門管象的，叫做象師。凡有瘋象、凶象，象師都能救治鎮壓。這回，他們把象師請到。象師手拿著法寶，口裡唱一種奇怪的歌，來鎮壓這瘋象。逃避的人大家又走出來，爭看象師治象。象師唱了許多歌（他們本地人說，念了許多咒），瘋象漸漸靜起來了，後來把頭垂下了，最後它跪倒了。看的人大家拍手，喝彩。象跪倒的地方，就在捧油的罪人的身旁。但一切驚呼，號哭，騷亂，歌唱，喝彩，對他沒有絲毫影響，在他如同不聞。因為他心中只有「油」，別無他物。這樣，

他已經走了十五里路，不曾掉下一滴油。

走了一會，前面又傳來一片哭喊奔逃之聲，比前更加慘哀，原來這大街上失了火，兩座大樓正在焚燒，火光燭天，爆聲震地。許多人被火灼傷，許多人被屋壓倒，正在大聲哭喊；許多人正在搶救人命，搬運貨物；還有許多消防隊員正在救火，許多水龍儘量地噴射，好像許多小瀑布。水沫濺在捧油的罪人的頭上，火星飛到罪人的衣上，煙氣迷漫在罪人的眼前，哭聲起伏在罪人的耳旁。但他對於一切沒有感覺。因為他心中只有「油」，沒有其他。這時候，他已經走了十八里路。再走兩里，就是南門了。

劊子手在後面喊了：「到了，把油缽放下！」但他沒有聽見，只管捧了油缽出南門去。直到劊子手放下了刀，伸手去接他的油缽，他方才喊道：「你不得打翻我的油！性命交關！」劊子手笑著對他說道：「國王指定的地點已經到了！你已經是一個無罪的人了！」這時候他方才從「油」中驚醒過來。他向四面一看，摸摸自己的頭，問道：「唉！果然到了？」劊子手恭敬地答道：「而且可去做大官了！」就指著旁邊的大車說：「請宰相爺上車！這是國王預先派來等候著的。」

原來國王預料這人有絕大的毅力，無論何事，能夠專心一志，堅定不移地去

辦，一定辦得成功，所以預先派了御用的大車，在南門等候他。經過這番考核，國王更加信任他。車子到了王宮，國王就拜他為宰相，把國家大事全權委託他。後來這個國家迅速進步，非常昌盛。

（本篇原載《兒童故事》一九四七年十一月第十一期）

明心國

抗戰期間，大後方有一個山城，城外都是山，山下都有洞，山洞都很大，很深，上面岩石很厚，避空襲是絕對保險的。其中最大的一個，叫做「多福洞」，非常之深，據老百姓說，這洞是無底的。但因裡面很曲折而且黑暗，所以從來沒有人敢深入此洞，去探求它究竟有沒有底。

有一天，日本飛機來了數十架，在這山城的上空，投下無數重磅炸彈，但是不曾炸死半個人。因為警報一發，全城的人都躲進絕對保險的山洞了。只是多福洞裡，發生了一件怪事，一位音樂教師從此不出洞了。發警報時，他和學校的先生學生們，一同走進多福洞。警報解除後，大家回校，只有他不回來。校長先生，同事們，四處尋找，影子也沒有。學生們拿了火把進洞去找，在洞裡轉了好幾個彎，大聲叫喊，也沒有人答應。他們就不敢再進去了。結果，音樂先生的失蹤，變成了一個神祕的問題，沒有人知道音樂先生的下落。

只有我是知道的，現在就講給小朋友們聽：

這位音樂先生是外省人，初到這山城來的，他生性好奇而大膽。他在多福洞中躲警報的時候，想起了土人的話，「這洞是無底的」，好奇心動起來，想一探其究竟。他也不告訴別人，獨自拿了一支電筒，向洞裡邁進，轉彎抹角，大約走了半個鐘頭，還不見底，他料警報快解除了，想回出去，誰知迷失了路，橫走直走，都走不出，原來洞的曲折，猶如迷宮一般，經他亂走一陣，如何回得出來呢？他東撞西撞，撞了兩三個鐘頭，電筒的電快用光了，還是摸不到來路！他發急了，大聲喊「救命」，也沒有人應。最後他想：「無底」是不會的；我還是認定一個方向，拼命地走；只要前面有路，總會走得出頭。於是他選定一條路，節省地用電，向前邁進……看看手表，已經走了五個鐘頭，但是前面還是沒有出路。後來電用光了。他在暗中摸索。大約又摸了五個鐘頭，他餓了，疲倦了，就倒在地上睡覺了。一覺醒來，肚子餓得要命，眼前一片漆黑。他準備死了，忍著饑餓，再向前摸索進行。大約又走了五個鐘頭，忽見前面一線光明，他快樂得大笑起來。快步走出洞口，一看原來是洞的另一出口，中央一片平原，平原四周，樹木叢生，樹木外部，群山圍繞，猶如一圈城牆。他就走進平原去看，想找一條路回學校去。

忽然從四周叢林之中，走出許多怪人來。他們都養著長髮，穿著棕櫚製的衣，赤著腳，胸前掛著一面紅色玻璃的鏡子。他們手裡拿木棍，一齊向音樂教師打來。音樂教師怕起來，伸高兩手，表示不抵抗。他們才放下了棍，大家走攏來看他，問他。但是他們的說話，一句也聽不懂。他只有用手指點那山洞口子，表示從這裡出來的；又用手指點自己的嘴，表示肚皮餓，要吃。野人嘰哩咕嚕商量了一回，大家臉色和善起來。有幾個人拉他到樹林裡石凳上坐；又有幾個人，到樹林後面的山洞裡去，拿出一隻石盆來交給他。他一看，石盆裡是煮熟的馬鈴薯。他立刻用手取來吃，味道是甜的，非常鮮美。他吃飽了，天已將黑。野人們拉他到一個洞裡，做手勢，叫他睡覺。他向他們鞠躬，表示感謝。

次日他起來，野人們又叫他去吃馬鈴薯。吃過以後，他在樹林內自由散步。但見樹林後面，環山四周的山腳下，處處是山洞，每洞有幾個野人居住，猶如我們的房屋。樹林裡處處有石凳石桌。山洞上面的山坡上，種著許多馬鈴薯和甘蔗，有許多野人在煮馬鈴薯，有許多野人在編製棕衣，還有許多野人在取甘蔗糖。他走了一圈，看見大約共有四五百個野人，他們和外邊隔絕，與我們的社會沒有通路——除了他來的那個多福洞之外。他再去看看這多福洞，忽然看見他出來的那口子，已被野人用許多大石封好，他不能再走回去。其實，即使不封，他也不敢由此路出去。因為這是迷宮！於是他只好住在這野人國裡。

一住住了好多天，他漸漸聽得懂野人們的說話了。再過一陣他居然能和野人談天了。有一次他和幾個野人共坐談天，他忽然想起了一件事，就問道：「我出來時，看見你們胸前掛紅色玻璃的鏡子，為什麼近來你們都綠色的了？這是什麼意思？」野人道：「這不是鏡子，這便是我們的心呀！」就湊近去，把心給他看。原來他們的心是透明的，凸出在胸前，好像玻璃做的。這片玻璃生牢在胸前，好比我們的指甲一般。他們的棕衣胸前缺一塊，正好把心表出在外面。他奇怪得很，又問：「那麼，為什麼紅的會變綠的呢？」野人說：「我們各人心裡所起的感情和思想，都在這裡顯出來，決不能瞞人。你出來時，我們當你是壞人來害我們的，大家憤怒，心就發紅。現在我們都快樂，就變綠色。我們如果感覺恐怖，心就變黃色；感覺悲哀，心就變黑色呢……」音樂教師詫異得很；他就近去細看他們的心，又問道：「那麼為什麼裡頭還有些花樣呢？」野人說：「我們各人心裡想什麼，就顯出什麼來。你看：我的心裡有一個，穿布衣的，這便是你呀！因為我同你談話，正在想著你，所以心裡有你的像。你看他：他心裡顯出馬鈴薯。因為今天輪著他管食事，現在已近中餐的時候了，他正在想他的職務，所以心裡顯出馬鈴薯來。你再看他：他心裡不是顯出一件棕衣麼？因為他是管棕衣的，他現在想起他的職務，所以心中顯出一件棕衣來。」音樂教師指著另一個野人的心，問：「那麼，他的心裡為什麼顯出一個嬰兒的像來呢？」許多野人們大家湊近去看這個野人的心，果然看見一個嬰孩正在哭叫的樣子。野人們說：「你記掛你新生的嬰孩，趕快回去吧！」就把這野人推回家去。音樂教師又指另一個野人的心說：「那麼，他的心裡為什麼顯出一條蜈蚣來呢？」野人們笑著說：「他因為今天在自己的洞裡發見一條蜈蚣，害怕得很。他曾經在會議中提出，討論驅除蜈蚣的辦法。他常想著蜈蚣，所以心裡有蜈蚣出現。現在我們說起，他又害怕。你看，他的心已經發黃了！」音樂教師一看，果然他的心變成黃色，一條蜈蚣正在黃色中爬行。音樂教師看到這裡，發呆了。他想：他們想什麼，就顯出什麼，一點都不能瞞人，這真是最善良的人類社會！在這社會裡，一定個個人坦白，個個人率真，個個人無事不可對人言，個個人天真爛漫。這社會裡絕對沒有欺騙詐偽的事。在這社會裡做人，何等放心，何等自由，何等光明，何等幸福呢！

野人們忽然起來，拉他的衣襟，說：「你的心現在想什麼，也給我們看看！

你不要老是用衣服來遮住呀！」說著，就替他解衣。他狼狽得很，正想辯解，衣服已被他們解開。野人們找他的心，找來找去找不到。大家驚奇得很，說：「咦，這個人原來是沒有心的！」他連忙辯解：「不，不，我們也有心。不過我們的心深藏在身體裡頭，別人看不到的。」野人們聽了這話，大家驚訝，呆了半晌。後來一個人說：「這樣，多少不便呢！」另一個人說：「對啦，這樣，叫我們怎麼知道別人的心事呢？」又另一個人說：「這樣，教我們怎麼辨別人的好壞呢？」又另一個人細問我們的音樂教師：「你們的國土內的人，難道個個是這樣的？假如他們拿了東西說沒有拿，吃了東西說沒有吃，打了人說沒有打，殺了人說沒有殺，你們怎麼辨呢？」音樂教師聽了這些話，恍然覺得我們的社會人心不可測，真是何等可怕，何等危險，何等黑暗啊！他熱烈地羨慕這野人國，他們雖然只有四五百人，住的只是山洞，吃的只是馬鈴薯，穿的只是棕衣，但是他們個個真心對人，大家出肺肝相示，他們的社會的確比我們文明得多，幸福得多啊！

次日，音樂教師向野人討一件棕衣。他丟了自己的布衣，也穿棕衣了。但是棕衣中間露出來的心，不是透明的，卻是一大塊肉。野人們都笑他，不敢親近他。因為不知道他的心事。音樂教師因為羨慕他們的「明心見性」，所以改用他們的服裝，想把自己的心表露出來。但他的心原是不透明的，無法得他們的諒解！悲從中來，就坐在石凳上高聲唱悲哀的歌。唱得野人們的心個個發黑。他想起了自己國土裡人心的惡劣，又唱憤怒的歌，唱得野人們的心個個發紅。他忽然心生恐怖，又唱恐怖的歌，唱得野人們的心個個發黃。他唱得十分疲倦，就倒在石凳上睡著了。

他醒來的時候，發見自己的身體坐在一隻獨木舟上，漂流在荒江中。原來野人們乘他熟睡的時候，把他放在獨木舟裡，從一個祕密的洞口，把他驅逐出境了。獨木舟是不會破的，不會沉的；野人們又替他放著許多熟的馬鈴薯，他是不會餓死的。這獨木舟在荒江裡漂流了三天三夜，遇見一隻大船。他喊救命，大船上的人把他救起。看見他身穿一件胸前有一個洞的棕衣，大船上的人奇怪得很。他就把他所經歷的事情告訴他們。但他們都不相信，說這是個瘋子。到了最近他家鄉的一個城市的時候，他們送他上岸，竟自走開了。

一九四七年乞巧節於杭州作

生死關頭

小朋友聽了我這故事，恐怕要心驚肉跳。但只要你聰明，也就不可怕了。

往年我逃難到大後方，有一回住在荒山之中。附近的山都是峭壁，高數千丈，無人爬得上去，只有鳥可以飛上飛下。其中有一種鳥，名叫「神鴉」的，常在峭壁的凹處作窠，那些凹處，好像一個平臺，約有一張床這麼大小。鳥蛋生在這裡，也不會滾下去。而且沒有人或其他動物，能夠上去偷它們的蛋。

住在這附近的土人，有一種信念：神鴉的蛋，可以醫治一切疑難雜症，是一種世間無雙的良藥。但是因為沒有取得神鴉的蛋，無法證明其是真是假，所以這信念在土人們的心裡愈加堅定。凡有人生重病的，總要想起或說起「神鴉的蛋」；可是無法辦到，只得聽其死亡。我曾經聽土人說過這樣的一個故事：

有一個青年土人，姓王名毅的，從小確信神蛋的靈效。他家裡有一母親，他非常孝順母親。但母親年已六十多歲，常常多病。有次病得非常危險，王毅買各種良藥給母親吃，都無效果。忽然他想：若能取到神鴉的蛋，給母親吃了，病一定痊癒。他便下個決心，一定要取得神鴉的蛋。他就獨自深入荒山去找尋。

他跑到峭壁底下，仰望神鴉的窠。但見峭壁中央有一處凹進的石床，離地大約有一百多丈。兩隻神鴉銜著泥和草，正在飛進飛出，這證明它們就要生蛋了。但這峭壁不止垂直，又且向外撲出，神鴉的窠離地一百多丈，從下面無論如何走不上去。他徘徊觀望，望見峭壁的頂上，有一株老樹，枝幹向外撲出，好像巨人的兩臂。這兩臂離開神鴉的窠，大約也有數十丈。他仰望這株老樹，計上心來：若得從後面的山坡，爬上峭壁的頂點，用幾十丈索子從老樹幹上掛下來，用蕩秋千的方法蕩過去，一定可以站在石床上而取得神鴉的蛋。這是唯一的辦法，他想。

他回家去，準備一根又堅又長的索子。又做一隻布袋，準備盛了蛋掛在身上的。他再走進荒山，看見神鴉不再銜泥銜草，只是輪流出來覓食，知道蛋已經生下了，他連忙回家。次日早晨，他帶了索子、布袋和乾糧，向峭壁後面的坡上進發。他爬山過嶺，走了許多崎嶇的路，下午方才走到了峭壁頂上，老樹的旁邊。他向下窺探，看見數百丈之下的地面，一片模糊。他打個寒噤，但堅貞的孝心，恢復了他的勇氣。他把布袋掛在背上。他把索子的一端牢牢地縛住在老樹的幹上。他把數十丈的索子往下拋。於是他兩手緊握索子，一把一把地緣下去。他的眼睛不看下面，恐怕看了要心慌。前面說過，這石壁是不止垂直，又且向外撲出的。所以他的身體愈緣下去，離開石壁愈遠。到了石壁凹處神鴉生蛋的地方，他的身體離開神鴉的蛋已有大約兩丈的距離。但見兩隻神鴉正在孵蛋，看見人從上面掛下來，吃驚飛去。王毅就看見雪白的兩個大蛋，放在石床裡邊的草窩裡。他想，取得這兩顆神蛋，給母親吃了，母親的病霍然若失，我們母子永遠團聚，豈非人間之至福！於是他用蕩秋千的本領，將繩索前後搖擺。繩索擺蕩的幅度愈來愈大，終於使他的腳踏住了峭壁凹處的石床。他站住了，抽一口氣。他把索子的下端打一個圈，套在頭頸裡。於是他俯身下去取蛋。

他把蛋裝進布袋裡，掛在背上。不料一個失手，他把頭頸裡的索子圈擺脫，那索子圈飛也似的蕩了開去。他一時心慌意亂，不知所措。眼看見那索子又蕩回來，蕩到離開石床兩三尺的地方，又蕩開去。隨後又蕩回來，蕩到離開石床兩三尺的地方，又蕩開去。

在這數秒鐘之間，他的聰明來了。他想：如果再不握住索子，這索子愈蕩愈遠，將終於垂直地掛在離開他兩丈的空中，無論如何拿不到手。到那時，喊破喉嚨無人聽見，跳下去粉身碎骨，只有坐在這裡餓死。想到這裡，他胸中豁然開悟。

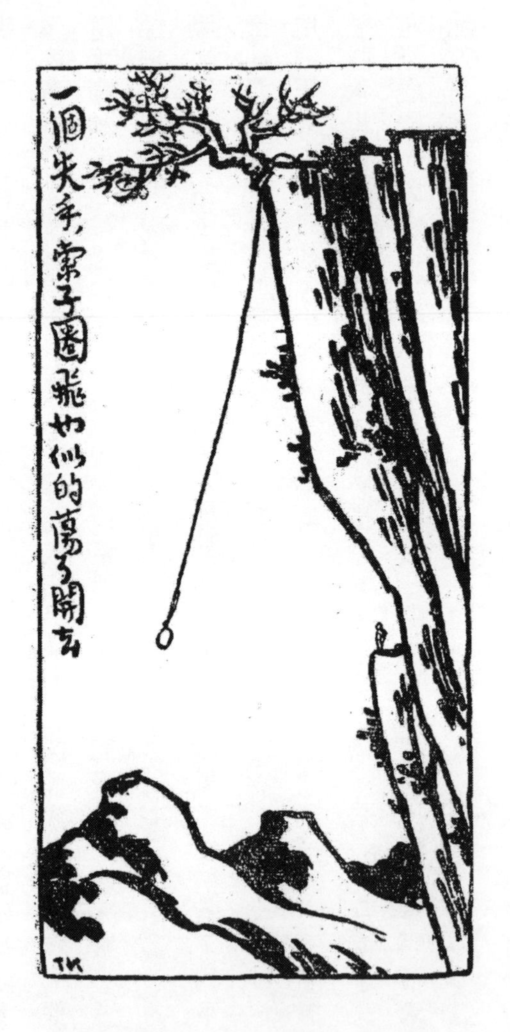
一個失手，索子圈飛也似的蕩了開去
TK

他想，索子第三次回來的時候，若不拿到，就永遠拿不到手，他只有死路一條。這是他的生死關頭了！——這些念頭只在一兩秒鐘之間掠過他的腦際。

索子第三次回來了，離開石床有三四尺之遠。他毅然決然，奮身一躍，果然抓住了索子。他兩腳踏在圈子裡，抱住索子，抽一口氣，然後慢慢地緣上去。他爬上樹幹，走下老樹，坐在地上，放聲大哭了一回；接著又放聲大笑起來。然後背了神蛋，下坡回去。他的性命是他的毅然決然的果敢力所換來的，是他的聰明所給予的。

至於神蛋，是否真能醫好他母親的病，我沒有詳細查明，諸位小朋友也不必追究。我講這故事的興味，全在抱住索子這一段。諸位小朋友設身處地地想想，也許要心驚肉跳。但只要你有毅然決然的果敢力，只要你聰明，也就不可怕了。

卅五年十一月五日於上海作

（本篇原載《兒童故事》一九四七年一月第一期）

夏天的一個下午

暑假中，上午溫課，下午休息。休息，在孩子們是一件苦事。赤日當空，陽光滿室，索然地枯坐一個下午，在孩子們看來真像一年有期徒刑呢！

小妹先喊無聊，向午睡起來的爸爸訴苦。二男大男就附和。爸爸一想，說：「我有一種遊戲，教你們玩。」他就取紙筆，寫出一首六言詩來：

公子章臺走馬，老僧方丈參禪。
少婦閨閣刺繡，屠夫市井揮拳。
妓女花街賣俏，乞兒古墓酣眠。

三個孩子嚷道：「讀詩上午讀過了，有什麼好玩？不要！」爸爸說：「且慢，這是很好玩的，看我來做。」他向抽斗裡尋出三粒大骰子來，用白紙把每粒骰子的六面糊上。然後用筆在每粒的每面上寫字：在第一粒的六面上，寫「公子」、「老

公子章台走馬
屠沽市井揮拳
老僧方丈參禪
妓女在街賣俏
少婦閨閣刺繡
乞兒古墓酣眠

僧」、「少婦」、「屠夫」、「妓女」、「乞兒」六個人物。在第二粒的六面上，寫「章臺」、「方丈」、「閨閣」、「市井」、「花街」、「古墓」六處地方。在第三粒的六面上，寫「走馬」、「參禪」、「刺繡」、「揮拳」、「賣俏」、「酣眠」六個動作。寫好以後，就去拿一隻碗來，把三粒骰子放在碗裡，教三個孩子來擲，爸爸說：「你們輪流擲，看哪個擲得好，我來評定分數。」

小妹搶先，擲出來一看，是「公子閨閣酣眠」。爸爸說：「還好還好。公子原來是在章臺走馬的。如今到閨閣裡來酣眠，也許這閨閣就是他的夫人的房間，也就無妨。小妹是及格的，定六十分。二男擲！」

二男興味津津地一擲，一看，是「少婦古墓參禪」。爸爸想一想說：「這太奇怪了！參禪就是靜坐念佛。這少婦怎麼到古墓裡去參禪呢？」二男說：「這是她的祖母的墳呀！」大家笑起來。爸爸說：「倒也說得通，不過很稀有，不及格，只能定三十分。」

大男很有把握地擲骰子。爸爸最先看到，就說：「哼！豈有此理！」大家去看，原來是「妓女方丈走馬」！爸爸說：「方丈是和尚的房間，妓女怎麼可去？況且方丈是小房間，根本不能走馬！這句話是不通的，只有零分！」就在紙上大男的名下畫一個大燒餅。小妹高興得很，翹起大拇指說：「我分數最高！我第一，大哥押尾！」

大男失敗之後，要求再來。仍舊從小妹擲起，小妹乘興一擲，展出的文句是「老僧市井賣俏」！大家笑得彎腰。小妹張大了眼睛，莫名其妙，反抗道：「難道老和尚賣不得俏的？」大家笑得更響，小妹卻要哭出來了。爸爸就替她解說：「賣俏，就是妝粉，點胭脂，燙頭髮，穿了很摩登的衣服，給男人們看，向他們笑，引他們去愛她。你看老和尚能不能？」小妹也笑了，說：「我以為是賣硝磺，或者賣一種紗布。」大家又笑起來。爸爸說：「小妹零分！二男再擲。」

二男擲出來的是「屠夫花街刺繡。」這回小妹要先問明白了：「屠夫是什麼人？」爸爸就把它翻作白話：「殺豬屠在妓女們所住的街上繡花。」說罷大家笑起來。媽媽從房裡洗好澡走出來，聽了這句話，也來參加這笑的團體，她說：「這殺豬屠大約是妓女的哥哥吧？」爸爸說：「就算是哥哥吧，殺豬的人怎麼會繡花呢？」小妹拍手說：「零分，零分！」二男辯道：「隔壁的黃木匠自己拿針線補衣服，昨天我看見的。殺豬屠難道一定不會繡花的？」爸爸說：「勉強講得通，不過又太奇怪了，也算你三十分吧。」二男說：「我兩次都是三十分。」

最後大男來擲。擲出來的是「乞兒章臺揮拳」。爸爸解釋說：「一個叫花子在京城的大街上打拳頭。」大家說：「很好，很好。」爸爸就定他六十分。

小妹在分數單上看了一回，大聲喊道：「咦，奇怪，擲了兩回，每人共得六十分，平均大家都是三十分！」她就把碗捧到媽媽前面，要她擲一把看。媽媽一擲，居然擲出原句「公子章臺走馬」來。大家拍手喊：「媽媽一百分！」爸爸說：「既然媽媽手運好，讓她同你們玩吧！」就把三個孩子和一碗骰子移交給媽媽，自己走到廊下，躺在籐椅裡看報了。

媽媽同三個孩子擲骰子，一直擲到晚涼。悶熱的一個下午，就在笑聲中爽快地過去了。這天晚上，三個孩子又從這骰子遊戲中想出另一種新的遊戲。這新的遊戲是怎樣的？以後有機會再講吧。

卅六年七月二日於杭州作

（本篇原載《兒童故事》一九四七年十月第十期）

種蘭不種艾

吃過夜飯，母親到灶間裡去了，父親和五個孩子坐在客間裡休息。五個孩子的名字，是一號，二號，三號，四號，和五號。一號是十二歲的男孩。二號是十一歲的女孩。三號是十歲的男孩。四號是八歲的女孩。五號是六歲的男孩。

父親點著一支香煙。四號先開口：「講故事了！」五號喊一聲：「大家聽故事！」一號，二號，三號大家坐好，眼睛看著父親。

父親說：「今天不要我一個人講，要大家講。」一二三號同時嚷起來：「我們不會講的！爸爸講。」四五號模仿著喊：「我們不會講的！爸爸講。」

爸爸說：「我先講。今天講一首詩。」就抽開抽斗，拿出鉛筆紙張來，把詩寫給他們看：

「種蘭不種艾，蘭生艾亦生；
根荄相交長，莖葉相附榮。

香莖與臭葉，日夜俱長大；
鋤艾恐傷蘭，溉蘭恐滋艾。
蘭亦未能溉，艾亦未能除。
沉吟意不決，問君合何如？」

一號，二號看了略略懂得；三號以下，字還沒有完全識得，爸爸就替他們解說：「這是唐朝的詩人白居易做的詩。意思是說：他種蘭草，並不種艾草。因為蘭草是香的，而艾草是臭的。但是蘭草的旁邊，自己生出許多艾草來。蘭草的根和艾草的根搞在一起，蘭草的莖葉和艾草的莖葉也混雜了生長。香的莖和臭的葉，日日夜夜一同長大起來。他想用鋤頭把艾草鋤去，但恐怕傷了蘭草。他想用水澆蘭草，又恐怕艾草得到水更長大了。於是乎，蘭草也不能澆，艾草也不能除。他想來想去，決不定辦法，問你應該怎麼辦。」

二號四號兩個孩子說：「把艾草一根一根地拔去。」爸爸說：「他們的根搞在一起，拔艾草的根，蘭草的根會帶起來！」一號三號兩個男孩子說：「統統拔起，另外種過蘭草！」爸爸說：「連蘭草也拔，很可惜，這辦法不好。」五號說：

「叫艾草也變成香的。」爸爸和一二三四號大家笑起來。爸爸說：「它不肯變的！」

二號這女孩子最聰明，她眼睛看著天花板，笑嘻嘻地若有所思。爸爸問：「二號想什麼？」二號說：「這首詩真好！他是比方世間的事。世間有許多事，同這一樣難辦。」爸爸點頭說：「對啊！」一三四號大家點頭，說：「對啊！」五號這六歲的男孩子想了一想，也點點頭說：「對啊，對啊！」

爸爸說：「你們大家說對，現在要每人說出一件事體來，同這事一樣難辦的。五號先說！」五號不假思索地說：「媽媽裹的肉粽子，肉很好吃，糯米不好吃。我想只吃肉，不吃糯米，媽媽說：『不行，要吃統統吃，不要吃統統不吃。』」說到這裡，五號一臉悲憤。

一二三四號大家笑起來。四號這女孩子笑得最多，她旋轉頭去低聲問五號：「糯米也很好吃的呀，你為什麼不要吃呢？」大家又笑起來。爸爸說：「五號講得很好。不管糯米好不好吃，總之，這件事說得很對，正同種蘭不種艾一樣。這回

要四號講了。」

四號想了一想，怕難為情，不肯講。大家催促她。她終於講了。「我昨天對王老師說：我只要上唱歌、遊戲和圖畫，不要上國語和算術。王老師說：『不行，要上統統上，不上統統不上，你回家去吧。』我氣死了。」

大家又笑起來。二號向四號白一眼說：「你不上國語、算術，將來不能畢業，老是一個小學生。」爸爸說：「二號的話是對的。不過四號這件事，比方得也很對。四號很乖。以後用功學國語、算術，還要乖起來呢。如今要三號講。」

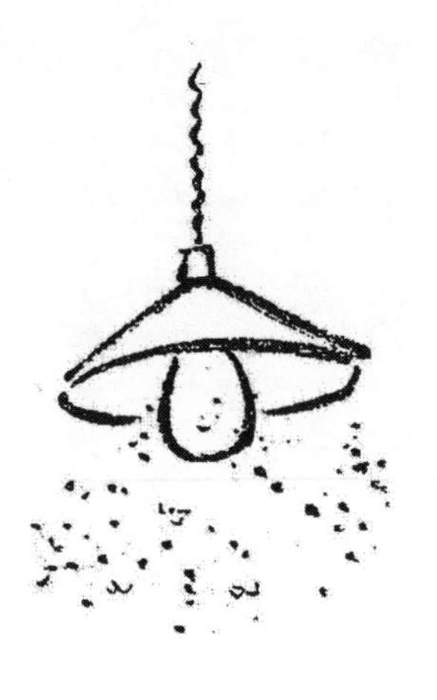

三號早已預備好，眼睛看著電燈，說道：「我最喜歡電燈的光，但最不喜歡那些飛蟲①。它們會撞到我眼睛裡，鑽進我鼻子裡，又要掉在菜碗裡。我關了電燈，它們都去了。我開了電燈，它們又來了。我要電燈，不要飛蟲，有什麼辦法呢？」他接著吟起詩來：「要光不要蟲，光來蟲亦來——」把來字拖得很長，好像爸爸讀詩的調子，引得大家大笑起來。

爸爸說：「三號說得好！如今要二號說了。二號是最會講話的，一定說得更好！」二號不慌不忙地說了：

「我倒想起了逃難到大後方的一件事：我們為了怕警報，住在重慶鄉下的荒村裡的時候，房東人家養了一隻凶狗，為了防強盜②。有了凶狗，果然強盜不敢來了。但是客人也不敢來了。除了

房東家熟悉的常來的幾個人以外，其他的生客，它一見就要咬。我們的客人都是生客，一個也不敢來看我們。弄得我們好寂寞！當時我想，最好這狗能分別強盜和客人，咬強盜不咬客人。但它不行。」

三號又做詩了：「不要強盜要客人，強盜不來客人也不來。」大家笑起來。二號說：「這兩句不成詩，哪有九個字一句的？」三號說：「我這是白話詩！你問爸爸，白話詩隨便幾個字都可以的，爸爸是麼？」

「你不要胡鬧！」爸爸說：「二號講的果然更好。如今一號最後講了。」

一號說：「我講的也是抗戰期間的事：那時我們的美國飛機到淪陷區漢口等地方炸日本鬼。那些日本鬼很調皮，和中國人住在一起。我們的美國飛機——」二號模仿一句：「我們的美國飛機。」

一號旋轉頭去看她說：「美國是我們的盟國！難道不好說『我們』的？」二號說：「好，好，你講下去！」一號續說：「盟軍的飛機想炸死日本鬼，就連中國人也炸死。想不炸死中國人，就連日本鬼也不炸死。」爸爸拍手說：「一號說得最好。到底是一號！」

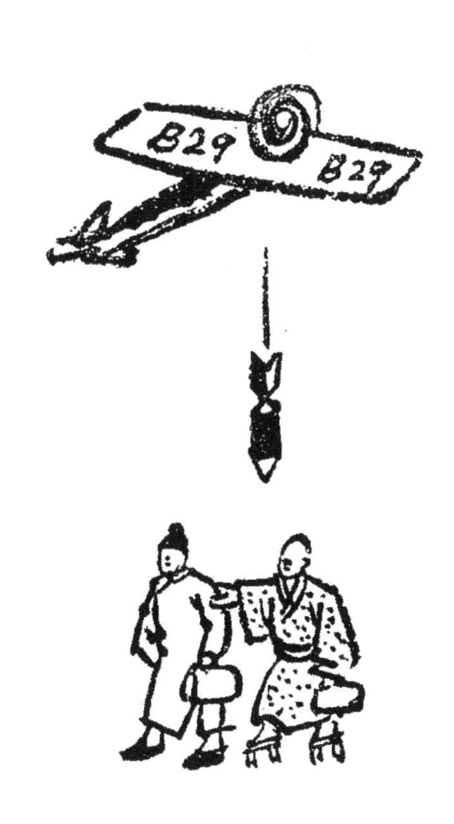

母親從灶間走出來了：「我一邊收拾灶間，一邊聽你們講故事呢。你們講的都很好。你爸爸說一號說得頂好，我道是五號說得頂好。」她拉五號到懷裡，摸他的頭，說：「你要吃肉，不要吃糯米，明天我燒一大碗肉給你吃。」

卅六年五月二日於杭州作

（本篇原載《兒童故事》一九四七年八月第八期）

注①：他們的家住在西湖邊，天氣一熱，有小蟲群集，在電燈四周飛舞。

注②：四川人稱竊賊為強盜。

有情世界

阿因的爸爸坐在椅子裡看書，忽然對著書笑起來，阿因料想，書裡一定有好聽的故事了，就放下泥娃娃，走到爸爸面前來問：

「爸爸笑什麼？講給我聽！」

爸爸指著書，又指著阿因，說道：

「我笑的是他和你。你們兩人一樣。你替凳子的腳穿鞋子，同泥娃娃討相罵，給枕頭吃牛奶。這位宋朝的大詞人辛棄疾，就同你一樣，他同松樹講話，你看。」

說著，指著書上一段，讀給阿因聽：

「昨夜松邊醉倒，問松『我醉如何？』只疑松動要來扶，以手推松曰『去！』」

又解給阿因聽：「辛棄疾喝酒醉了，倒在松樹旁邊的草地上。他就問松樹：『喂，老松！你看我醉得什麼樣了？』松樹不答話，它的身體動起來了，似乎要把辛棄疾扶起來。辛棄疾很疲倦，想躺在松樹旁邊的草地上休息一會，不要它來扶起。就用手推開松樹的身子，喊道：『不要來扶我，你去！』」

阿因聽了，很奇怪。他張大眼睛想了一會，也笑起來。他的笑是表示高興。他想：大人們都說我癡。哪知大人們也是癡的。他們的癡話還要印在書上給大家看呢。自今以後，如果再有人說我癡，我就可回駁：「你們大人也是癡的，有辛棄疾的書為證。」

這天晚上，阿因就去遨遊「有情世界」。

他吃過夜飯，正被母親迫著去睡的時候，忽然看見地上一塊白布。他想把布拾起來。先用腳踢它一下，白布不動。仔細一看，原來是窗外照進來的月光。他抬頭向窗外望，但見月亮正在對他笑，好像有話要說。他高興極了，先向窗外喊一聲：「月亮姐姐，我就來了。」飛也似的跑出去了。

他跑到門外草上，仰起頭來一望，月亮姐姐的臉孔比窗裡看見的更加白，更加圓，更加大了。同時笑得更加可愛了。但聽她說：

「阿因哥兒，到山上去野餐，他們都在等候你呢。快去拿了小籃出來，我陪你同去吧。」

阿因不及回答，三步並作兩步，回進屋裡，走到床前，向枕頭邊去取出小籃。一看，裡面有半籃花生米，兩包巧克力，是白天爸爸買給他的，現在正好拿上山去野餐。他提了小籃出門，說聲：「月亮姐姐，同去，同去！」就快步上山。月亮姐姐走得同他一樣快，兩人一邊說話，一邊上山。忽然路旁一群小聲音在喊：

「阿因哥哥，月亮姐姐，我們也要去野餐，帶我們同去！」

阿因回頭一看，原來是一群蒲公英。阿英站住了，月亮姐姐也站住了。阿因說：

「好極，好極，我正想多幾個人攜著手，一同上山。月亮姐姐高高地在上面走，不肯同我攜手呢！」

他便伸手拉蒲公英。蒲公英們齊聲叫道：

「拉不得，拉不得，我們痛得很！」

阿因一看，知道他們都是生根的，便皺著眉頭，想不出辦法。月亮姐姐喊道：「阿因哥兒，他們是走不動的，你給他們吃些東西吧！」阿因覺得這話不錯，便從小籃裡取出花生米來，給蒲公英們一人一粒。蒲公英們都笑了，大家鞠一個躬，謝謝他。阿因再走上山，月亮姐姐又跟著他走，快慢完全一樣。雖然不能攜手，一路上都好談話，不知不覺，已到山頂。山頂上有方平原，平原中央有一塊大石，一塊小石。阿因坐了小石，就把小籃裡的花生米和巧克力倒在大石上，開始野餐了。他叫道：「大家來吃東西！」山頂四周圍站著的松樹一齊「嘩啦嘩啦」地笑起來。阿因向四周一望，但見他們一個長，一個短，一個蓬頭，一個尖頭，大家正在探頭探腦地望著石桌上的花生米和巧克力，嘴裡都滴著口水呢。忽然附近發出一陣嬌嫩的喊聲，原來是睡在石桌周圍的杜鵑花們：

「阿因哥哥，你這時候還來野餐？我們早已睡著，被你驚醒了！誰帶你上來的呀？」

阿因點著上面說：「月亮姐姐帶我上來的！杜鵑花妹妹，你們睡得這麼早，真是無聊！大家快點起來吃東西吧？今晚月亮姐姐這樣高興，你們不可不陪她。你們看，她的臉孔從來沒有這樣的白，這樣的圓，這樣的大，從來沒有這樣的可愛的呢！」

白雲聽見了阿因、杜鵑花們、松樹們的笑語聲，慢慢地從遠方跑過來，也要來參加這野餐大會了。白雲走到了石桌頂上，望著花生米和巧克力吞唾液。忽然松樹們、杜鵑花們，一齊喊起來：

「白雲伯伯，讓開點，不要遮住月亮姐姐！」同時月亮姐姐也在上面喊起來：

「白雲伯伯最討厭！他老是歡喜站在我的面前，使我看不到你們。」

松樹們大家同情月亮姐姐，接著說道：

「對啊！白雲伯伯不但歡喜遮住我，有時竟會走下來，蒙住我們的頭，氣悶得很！這人真討厭！」

杜鵑花們也嬌聲嬌氣地喊起來：

「白雲伯伯怕你們吃東西，所以拿他那個龐大的身體來遮住你們。他想一人獨吃這花生米和巧克力呢！」

白雲被他們說得難為情起來，只好讓開。但他的身體實在龐大，行動很不自由，過了好一會，阿因方才看見月亮姐姐的臉。白雲伯伯被罵，阿因覺得太可憐了。他就勸道：

「白雲伯伯，你下次站在月亮姐姐的後面，就好了。何必一定站在她前面呢？你橫豎身體偉大，她遮不到你的呢！」

月亮姐姐撲嗤地笑起來。白雲伯伯說：

「阿因哥兒，你不知道我的苦處，我是不能走到她後面去的。她的身體實在太嬌小，我的身體實在太龐大，一不小心，就要遮住她。如今我有辦法：我把身體變個樣子，站在她的周圍，好不好？」

阿因、松樹、杜鵑花們大家讚美。白雲就慢慢地變樣子，先把身子伸長，變成一條，然後彎轉來，變成一個白環，繞在月亮姐姐的四周。底下的人們看了這變態，大家拍手喝彩，大家吃東西，高興得很！從此大家不討厭白雲伯伯，而且

緣々堂畫箋

請他多吃點東西了。

大家吃飽了東西，月亮姐姐的身體漸漸地橫下去，好像想休息的樣子。阿因說：

「我們散會吧，月亮姐姐疲倦了，大家明天再會！」月亮姐姐要送他下山。阿因說：

「你要休息了，不必送我下山。就叫松樹哥哥送我下去吧！」

杜鵑花們一齊笑起來。松樹說：

「阿因弟弟，要是我們走得動，我們很想送你下去，看看世景，可惜我們是走不動的呀！我有辦法：叫我們的溪澗妹妹代送吧。她是一天到晚歡喜跑路的。」

溪澗接著說話了：

「我因為忙得很，沒有參加你們的野餐會。但你們的談話我都聽見；而且風伯伯把你們的花生米和巧克力包紙都帶給我吃了。香氣倒很好。謝謝你們。我原要下山去，就由我代表你們，陪送阿因哥兒下山吧。」

阿因就跟了溪澗妹妹一齊下山。溪澗妹妹會唱許多的歌，在路上唱給阿因聽，一直唱到阿因家的門前的河岸邊，方始「再會」分手。阿因在路上，從溪澗妹妹學得了一曲最好聽的歌。他一邊唱著，一邊走進屋裡去，直到聽見他母親的聲音：「阿因，你睡夢裡唱的歌真好聽！」他方始停唱。張開眼睛一看，只見母親坐在床前的椅子上，泥娃娃笑嘻嘻地站在他的枕頭旁邊，等候他起來同她玩呢。

卅六年清明於西湖作

（本篇原載《兒童故事》一九四七年七月第七期）

賭的故事

我做小孩子的時候，每逢新年，鎮上開放賭博四天。無論大街小巷，到處都有賭場。公然地賭博，員警看見了也不捉。非但不捉，員警自己參加也不要緊。因為這四天是一年一度，人人同樂的日子，而員警也是人做的。那是前清末年的事，大家用陰曆，警察局叫做團防局。員警叫做團丁。

後來民國光復，廢止陰曆，改用陽曆。公開賭博也廢止，雖然人家家裡及冷僻的地方，仍有偷偷地賭博的。我向大後方逃難，去了十年。我重歸故鄉，今年過第一個新年，我很奇怪：勝利後的陰曆新年，比抗戰前的陰曆新年過得更加隆重，好比是倒退了十年。記得抗戰以前，陰曆新年雖然沒有盡廢，但除了十分偏僻的地方以外，大都已經看輕，淡然處之。豈知勝利以後，反而看重起來：公然地休市，公然地拜年，有幾處小地方，竟又公然地賭博。這顯然是淪陷區遺留下來的腐敗相，這便是戰爭的罪惡。

我好比返老還童，今年在鄉間的朋友家裡（我自己已無家可歸）過了一個隆盛的陰曆年。在爐邊吃糖茶年糕的時候，聽別人談賭經，想起了兒時不知從哪裡聽來的一個故事。我講了一遍，圍爐的人聽了都很納罕。我現在就寫出來，再在紙上談給諸位小朋友聽。

賭博之中，有一種叫做「打寶」。其賭法是這樣：有一個有蓋的四方匣子，匣子裡面有一塊四方的木片，木片的一邊上有一個「寶」字。擺賭的主人祕密地將木片放入匣中，使「寶」字向著一邊，然後將匣子蓋好，拿出來放在桌上，叫人猜度「寶」字在哪一邊。賭客中有的猜度「寶」字在東面，就在東面打一筆錢；有的猜度在南面，就在南面打一筆錢，有的猜度在西面、北面，就在西面、北面打一筆錢。打齊了，主人把匣子的蓋揭開，一看，「寶」字在南面。於是打在南面的人就贏了，主人加三倍配他，例如他打十個銅板，主人要配他三十個銅板。打在東面、西面、北面的錢，都歸主人沒收。——但我所講的，不過是一種原理。因為我不懂得賭，所以只能講個原理。他們有種種名稱，什麼天門、地門、青龍、白虎……我都弄不清楚。久住在淪陷區的鄉間的小朋友，看慣賭博的，也許比我內行，要笑我講不清楚。但我情願被笑，而且希望大家不要把這種東西弄清楚。

因為這是低級的而且有害的玩耍，我們不可參加。我們現在的興味，在於一個奇離的故事。

有一個人想靠賭發財。他借了一筆大款子作本錢。在新年裡大規模地擺寶。在一個大房間裡設一張大桌子，桌子上放著寶匣，許多人圍著匣子打寶。大房間裡面還有個小房間，小房間與大房間之間的壁上開一個窗洞，他自己住在小房間裡做寶。他雇用一個夥計，叫他住在大房間裡大桌子旁邊開寶，收付銀錢。開賭的時候，他先在小房間內把寶做好（就是把匣內的木片上的寶字旋向某一邊）。把蓋蓋上，把寶匣放在窗洞緣

上。窗洞的外面掛一個布幕。夥計撩開布幕，取出寶匣，放在桌上，讓賭客們大家來打。打齊了，夥計嘴裡唱著，把寶匣的蓋揭開。一看，寶字在哪一邊，打在哪一邊的錢都要加配三倍；打在其他三邊的錢一概吃進。收付完畢，夥計再撩開布幕，把寶匣還放在窗洞緣上，讓主人去做寶。主人自己不出來對付賭客，但他可從布幕裡靜聽賭場的情形，知道贏輸的消息。

這一天開賭，主人運氣不好，連輸了三次。到第四次上，有兩個大賭客，拿一筆大錢來打在『天門』上，數目我已忘記，總之是很多的，比方是現在的幾千萬或幾萬萬。主人從幕裡聽見這情形，大吃一驚。因為這回的寶正做在『天門』上！他聽見夥計開寶，他聽見一片歡呼聲，他聽見夥計把他所有的錢配給這兩大賭客還不夠，又虧欠了一筆大債，而他的賭本完全是借來的，他這一急，非同小可！他急得發暈了！

夥計照常辦事：他借債來配了錢，仍舊撩開布幕，把寶匣放在窗緣邊，讓主人去做。過了一會，又撩開布幕，把寶匣取出，再叫賭客們來打寶。賭客們一想，上次「天門」上莊家大輸，這次絕不再在「天門」，大家打其餘的三門。誰知夥計開出寶來，寶字又在「天門」上！於是莊家統統吃進，上次所負的債，還清了一半。

夥計又撩開布幕，把寶匣放在窗緣上，讓主人去做。過了一會，又撩開布幕，取出寶匣來賭。賭客們想：「天門」上一連兩次，如今絕不再在天門上了。於是大家堅決地打其餘三門。誰知夥計開寶，第三次又是「天門」！大批銀錢全部吃進，莊家還清了債，還贏了不少。

夥計又撩開布幕，把寶匣放在窗緣上，讓主人去做。過了一會，又撩開布幕，取出寶匣來賭。這回賭客想：「天門」上一連三次了，絕不會再聯第四次。於是更堅決地打其他三門，而且打的錢數更多。有許多人同時打三門，因為他們計算，吃兩門，配一門，還是贏的。誰知夥計開寶，第四次又是「天門」！更大批的銀錢全部吃進，莊家發了財！

夥計又撩開布幕，把寶匣放在窗緣上，讓主人去做。過了一會，又撩開布幕，取出寶匣來賭。賭客們看見過去四次都是「天門」，料想他賭五次決不敢再做「天門」。於是大家打其他三門，一人同時打三門的比前次更多。誰知夥計開寶，第五次又是天門！賭客們大聲地喧囂起來，但也無可奈何，只是驚訝莊家好大膽而已。莊家又發了一筆財。

到了第六次，賭客們紛紛議論了。有人說：「恐怕第六次又是天門？」但多數賭客不相信，說：「從來沒有這樣的戇大①。」於是大家又打其他三門。結果開出寶來，第六次又是「天門」。大批的錢，又歸莊家吃進。

如此下去，一連十次，統統是天門。莊家發了大財，銀錢堆了兩大桌子。賭客們大嚷起來，都說：「從來沒有這種賭法。」一定要叫主人出來講話。夥計也被弄得莫名其妙，就推進門去看主人。但見主人躺在榻上，一動不動，手足冰冷，早已氣絕了！

原來第一次天門上大輸的時候，主人心裡一急，竟急死了！後來夥計每次撩開布幕，把寶匣放在窗緣上的時候，主人早已死去，並未拿寶匣去從新做過。所以一連十次，都是「天門」。這無心的奇計，竟能使主人大贏；只可惜贏來的這筆大財，主人已經享用不著了！

卅六年二月九日於西湖招賢寺

（本篇原載《兒童故事》一九四七年五月第五期）

注①：戇大，江南一帶方言，意即愚蠢的人。

大人國

我講的大人國，和一般童話裡所講的不同。所謂大人，並不是身體比山還高，腳比船還大，把房子當凳子坐，而在煙囪上吸煙的那種大人，卻是和我們一樣的人。那麼為什麼他們的國叫做「大人國」呢？諸位小朋友讀後，也許會相信他們的確是大人。

這個國在什麼地方？我忘記了。但我曾經去玩過，覺得很特別，所以講給諸位小朋友聽。這國內的社會狀態，與我們的國內相同，有農夫，有工廠，有市場，有學者和公教人員，而且也有叫化子，賊骨頭①，和強盜。他們也有語言文字，但是他們對於有幾個字的解釋，意義與我們相反。譬如物價漲的「漲」字，他們當作「跌」字講。福利的「利」字，他們當作「害」字講。「吃虧」兩字，他們當作「便宜」講。……這樣一來，他們的人事就和我們不同，簡直使我們笑殺。我先把他們的商賣和公教的情形講給你們聽：

我們買東西，總希望多得東西，少出銅錢。他們卻相反：我看見有一人去買米，問「多少錢一斗？」店主說：「頂多八千②塊錢一斗，再貴沒有了！」買主驚奇地說：「哪裡的話？別人都賣一萬二千元一斗，為什麼你只賣八千？我是老主雇，你要客氣點，算一萬二千吧！」店主不肯：「你放心，不會虧待老主雇的！既然說了，就算八千五吧！」買主也不肯：「你這老闆太精明了，只加五百塊錢，差得太多了！頂少頂少，我出一萬一，總好賣了！」再三講價，最後店主說：「爽爽氣氣，一萬塊錢，再多一個銅板也不賣！」買主勉強答允了。店主拿斗去量米，買主趕過去監督：「量好一點，不要量得太滿！」店主說：「放心，不會叫你吃虧的。」說時斗的上面已經戴了一個高帽子。買主連忙搶上去，用手把米擄平③，又挖了一個深的窟窿。店主連忙攔住他的手，憤憤地說：「這變成半斗了！這樣我吃虧不起……」雙手把米捧進斗去。買主又來搶住。結果，用木棒來夾，公平交易，米才量成功。買主拿了米出去，嘴裡還在嘰哩咕嚕，嫌他們的斗太大。店主點一點鈔票，追上去說：「喂喂，這裡是一萬一千五百元，多了一千五，不相信你自己去點！」買主驚奇地接了鈔票，點過一遍，果然多了一千五百元，只得收回，悻悻然地說：「是別人當作一萬元給我的，我沒有點過，不是有心欺騙你的啊！」這交易方才完成。

小孩子去買東西，最易受商人欺侮。常常有父親或母親去向商店交涉。我曾見一個母親，同一家醬園吵架。母親手提一瓶菜油，點著瓶說：「我叫我家的寶寶拿了一千六百塊錢來，買半斤菜油，怎麼你們給她裝了這滿滿的一瓶，一斤半還不止？而且只收她一千塊錢，退還了六百元來。你們大字號，做生意應該童叟無欺！怎樣好欺騙我家這個小孩子

呢？不成！」她定要店夥把油倒出，而且定要補送六百塊錢。店夥辯解：「沒有這回事的！這兩天菜油跌價，你不相信可以去問。半斤油收她一千塊錢，已經二千元一斤了。別家賣一千六的也有！至於斤兩，你這瓶裝滿也不過半斤多一點，我們的秤本來是這樣大的。」說過，略為倒出一點油。母親趕上去握住了瓶，狠命地一豎，倒出了小半瓶，店夥連忙搶住。母親把六百塊錢丟在櫃上，三腳兩步走了。店夥拿了六百塊錢追出去，硬要還她：「這不行，我們做生意說一不二的！」講之再三，母親收回三百塊錢，店夥只得拿了其餘三百塊錢回店，口裡不絕地喊：「蝕本生意。」

有一次我看見他們的市教育局門前，有大批群眾示威請願。這批人都穿制服，原來是學校的教師。他們手裡都拿著旗子，旗子上面寫著：「要求減低待遇！」「要求政府保證以後不再預發薪水！」我看了納罕。但他們非常認真，高呼口號，群情激昂。後來裡面出了一個代表，對群眾解釋：「並非教育局不肯減低，只因政府撥給的教育經費，有增無減。物價一天一天地低落，而政府的教育經費毫不減少；不但不減，而且還有增的消息。至於預發，不瞞你們說，我們已經受了政府五個月預發教育經費，而我們對學校只預發兩個月，並不算多。希望諸位體諒

市教育局
要求減低待遇

國庫經濟過剩的困難，暫且忍耐。只要國庫漸漸空鬆起來，總有一天接受你們的請願，而實行減低待遇的。」一群眾被他搪塞，也只得解散回校。中有一位校長，似乎認識我，就在路上同我談天。他懇切地告訴我：「你是外客，不知道我們的教育界的苦況。我們並非囂張，實在到這地步，非示威請願不可了。就照我所管的初中說：底薪五百萬，薪水一倍多，平均每人有一千多萬，而教師們大都單身青年，擔負很輕的，這許多錢叫他們怎麼用？最可惡的，物價一天一天地跌落，這一個月來米價跌了一倍多，十二萬一擔忽然變成五萬，豬肉又大跌，五千元一斤的已經跌到兩千！聽說就要賣一千五呢！你想，這種時局，叫他們做教師的怎麼過日子？我們的會計處，天天有人來存薪水，接受了一個人，其他的人都來，那位體育教師，敲臺拍桌，硬要存進三個月的薪津，竟同會計先生吵起架來。你看，這時局怎麼得了！……」走了一會，他又說了：「實在，我們的教師的生活的確為難！第一，政府撥給的房屋太大。一個單身教師，派到兩幢三層樓洋房，叫他怎麼支配？勉強雇了三四個工役，還是空得很，許多沙發椅子上積滿灰塵，空房裡老鼠夜夜猖獗！第二，衣服，政府不斷地按月贈送。不是三件嗶嘰料，就是四匹士林布④。堆在家裡，鼠咬蟲傷。拿出去送人，受的人一定要出錢，出的比市價高幾倍！第三，食物更是一大問題：政府把軍政界不放在心上，而對於我們教育界太偏愛了。薪水吃用不完，還要每星期發給公糧。不是麵粉，就是奶粉。許多教師家裡，麵粉堆積如山，都在蟲蛀；奶粉堆積日久，長了黴，也只得喂豬；自己又不養豬，拿去送給人家，人家定要付很多的錢。第四，行也是一個問題：街上公共汽車、電車，這樣多，這樣空，政府還要送給每個教師一輛小包車，弄得汽車、電車竟無一人搭乘，常常空車開來開去！……總之，我們今天的示威遊行，決不是囂張好事，真是萬不得已的啊！」講到這裡，我和他分手了。

我和那校長分手之後，在街上漫步，想再找點花樣看看。忽然看見一家公館門口，有一個男人在那裡表示要求，公館裡的主人在那裡表示拒絕。我走近去，靠在一根電杆上，仔細觀看。旁邊又來了一個人，一個瘦長子，也站著觀看。他自言自語地說道：「叫化子這樣多，不得了！」我才知道這是叫化子。我看見這叫化子手裡拿一隻大袋，從袋裡摸出一束鈔票來，鞠躬地向主人哀求：

「謝謝你，好先生！收了這一點點！我實在太多了。送了半天，只送掉二百萬。家裡還有一屋子的萬元鈔票呢！先生做做好事，收了這一點點，不過一百萬，不在乎的！有福有壽的好先生！」

公館主人厲聲地說：「不要，不要，走，走！昨天受了你一大束，你今天又來了，寵不起的！以後一點也不再受了！快走，快走！」

叫化子把鈔票分出一半，又哀求道：「好先生，受了五十萬吧！以後我不再來了，只此一回，謝謝你好先生！」主人說：「你年紀輕輕，不曉得自己去享用，來推給別人；不要，一個錢都不要！快走，快走！」那叫化子只得收了鈔票，垂頭喪氣地走了。

主人剛想關門，忽又來了一個女人。她手提一隻籃，向主人鞠躬，看樣子又是一個叫化子。我聽她說道：「大老闆，修福修壽地吃了這一點！」她揭開籃蓋，露出一大碗紅燒蹄膀，和一大碗魚翅來。「我實在吃得太飽，不能再吃了！大老闆做做好事吧！」接著就伸手去拿出碗來。主人的太太出來了，罵道：「叫化子走！又不是吃飯時光，誰有胃口吃你的？走，走，走！」就把門關上了。女叫化子咕嚕咕嚕地走開了。

我看得出神，忽然覺得，手裡的皮包為什麼重起來了？提起來一看，發現皮包上已割了一條縫，約有半尺來長。打開來一看，原來的一副襯衣和毛巾、牙刷、牙膏之外，多了兩條金條，怪不得這樣重！我正在驚訝，一位老人走過，看見我

TK

皮包一條縫，就站住了，對我說：「你可是遭扒手？這幾天扒手多得很，要當心呢！」他問我多了什麼東西，我說：「兩根金條！」他憤然地說：「豈有此理！這損失太大了，我替你去報員警。」老人就陪我去告訴崗警。崗警檢點我的皮包，問：「什麼時候被扒的？」我說：「我看得出神，竟不覺得。」他說：「那很難查，叫我哪裡去捉人呢？」我說：「我疑心是一個臉有麻點的瘦長子扒的，因為他曾與我一同站著觀看叫花子。」員警說：「有麻點的瘦長子不只有一個，也很難捉。你留下地址，捉到時再通知你好了。」我說：「那麼，我把金條給了你，你捉到時還了他吧！」員警雙手亂搖：「那不行，我們當員警的受不起！」他就去指揮汽車了。

我和老人只得走開。老人邊走邊對我說：「算了吧！你的皮包橫豎空空的，受了這兩根金條吧。你這損失不算大。我告訴你，上一個月，我家遭賊偷，這損失才大呢……」我請教他怎樣大，他繼續說道：「那一天，風雨之夜，我半夜裡起來小便，兩腳從床上掛不下來，似覺有物阻擋了。點上燈一看，大吃一驚：滿屋子都是鈔票，凳上，桌上，地上，床前踏腳板上，純是鈔票。家人被我喊起，大家喊『捉賊』，東尋西找，發現牆腳上一個大洞，可容一個人進出，賊便是從那裡送進鈔票來的，這一次損失浩大！大大小小，共有二三十捆，而且都是萬元大鈔票，頂小的也是五千元票子。總數是有幾百億呢！」老人言下不勝悲憤。我說：「你報員警嗎？」他說：「當然！我雇一輛大卡車，裝了這些鈔票，直送警察局。」我說：「他們受了麼？」他說：「哪裡肯受，同你剛才一樣：他們說我們員警只能給你們通緝，不能賠償損失。我只得仍舊把鈔票載回。但他們始終沒有給我捉到這賊骨頭。唉，現在的員警也辦得不好！」他不勝悲憤。

談談說說，不覺已經走到市梢。忽然聽見前面大吹警笛。老人說：「又發生事體了！」我跟他上前去看，看見許多武裝員警，向公路那邊出發。這裡公路上停著一輛大卡車，車中滿裝著米，堆得比黔桂路上逃難的車子還高。一個司機哭喪著臉，向一個員警告訴：「我這卡車從君子縣開出，本來是空的。不料開到謙讓鄉附近，突有暴徒十餘人從路旁草中躍出，手持木殼槍，迫我停車，將預藏草中的白米兩百餘袋，如數堆入車中，又用木殼槍迫我開車。我是替老闆當司機的，負不起這個責任，務請趕快抓住強盜，退還贓物！」員警說：「已經派一小隊前去剿緝了。不過謙讓鄉離此有二十里路，深怕強盜已經匿跡。你何不就近告員警呢？」司機說：「沒有員警，叫我哪裡去告訴？」員警看看車上堆得高高的米，

馬上壹萬袋

皺一皺眉頭，安慰他說：「你暫且運去，我們負責偵緝是了。」司機看看米，號哭起來：「這許多米叫我怎麼辦呢！」路上的人都來安慰他。最後他沒精打采地上車，把車子開走。

老人又悲憤地對我說：「員警辦得不好！二十里內沒有一個員警，無怪盜賊蜂起了！」至此我就和他分手。因為有要事，我在這一天就離開大人國，回到我自己的中華民國來。被扒來的兩根金條，依舊存在我的破皮包裡。我回進中國，搭上火車。下車的時候，覺得皮包忽然又輕了。打開一看，只有襯衣、毛巾、牙刷、牙膏。那兩根金條已經不見了。我記起了，我在火車中看《申報》時，覺得旁座的人摸索摸索，金條一定是他拿去的。我高興得很，我想：「到底是中國！我們的乘客比他們的員警更好。他知道我被扒了，自動替我還贓，而且不告訴我，免得我報謝他。到底是中國！」

卅六年五月三十日於杭州作

（本篇原連載《兒童故事》一九四七年六月第六期和九月第九期）

注①：賊骨頭，江南一帶方言，意即小偷、賊。

注②：八千，指當時的「法幣」，下同。

注③：擄平，江南一帶方言，意即抹平。

注④：士林布，指當時以「陰丹士林」為牌子的一種棉布。

為重寫中國兒童文學史做準備

眉睫（簡體版書系策畫）

二〇一〇年，欣聞俞曉群先生執掌海豚出版社。時先生力邀知交好友陳子善先生參編海豚書館系列，而我又是陳先生之門外弟子，於是陳先生將我點校整理的梅光迪講義《文學概論》（後改名《文學演講集》）納入其中，得以出版。有了這個因緣，我冒昧向俞社長提出入職工作的請求。俞社長看重我對現代文學、兒童文學研究的能力，將我招入京城，並請我負責《豐子愷全集》和中國兒童文學經典懷舊系列的出版工作。

俞曉群先生有著濃厚的人文情懷，對時下中國童書缺少版本意識，且缺少人文氣質頗不以為然。我對此表示贊成，並在他的理念基礎上深入突出兩點：一是以兒童文學作品為主，尤其是以民國老版本為底本，二是深入挖掘現有中國兒童文學史沒有提及或提到不多，但比較重要的兒童文學作品。所以這套「大家小書」，頗有一些「中國現代兒童文學史參考資料叢書」的味道。此前上海書店出版社曾以影印版的形式推出「中國現代文學史參考資料叢書」，影響巨大，為推動中國現代文學研究做了突出貢獻。兒童文學界也需要這麼一套作品集，但考慮到兒童讀物的特殊性，影印的話讀者太少，只能改為簡體橫排了。但這套書從一開始的策劃，就有為重寫中國兒童文學史做準備的想法在裡面。

為了讓這套書體現出權威性，我讓我的導師、中國第一位格林獎獲得者蔣風先生擔任主編。蔣先生對我們的做法表示相當地贊成，十分願意擔任主編，但他畢竟年事已高，不可能參與具體的工作，只能以書信的方式給我提了一些想法，我們採納了他的一些建議。書目的選擇，版本的擇定主要是由我來完成的。總序也由我草擬初稿，蔣先生稍作改動，然後就「經典懷舊」的當下意義做了闡發。可以說，我與蔣老師合寫的「總序」是這套書的綱領。

什麼是經典？「總序」說：「環顧當下圖書出版市場，能夠隨處找到這些經典名著各式各樣的新版本。遺憾的是，我們很難從中感受到當初那種閱讀經典作品時的新奇感、愉悅感、崇敬感。因為市面上的新版本，大都是美繪本、青少版、刪節版，甚至是粗糙的改寫本或編寫本。不少編輯和編者輕率地刪改了原作的字詞、標點，配上了與經典名著不甚協調的插圖。我想，真正的經典版本，從內容到形式都應該是精緻的、典雅的，書中每個角落透露出來的氣息，都要與作品內在的美感、精神、品質相一致。於是，我繼續往前回想，記憶起那些經典名著的初版本，或者其他的老版本——我的心不禁微微一震，那裡才有我需要的閱讀感覺。」在這段文字裡，蔣先生主張給少兒閱讀的童書應該是真正的經典，這是我們出版本套書系所力圖達到的。第一輯中的《稻草人》依據的是民國初版本、許敦谷插圖本的原著，這也是一九四九年以來第一次出版原版的《稻草人》。至於解放後小讀者們讀到的《稻草人》都是經過了刪改的，作品風致差異已經十分大。俞平伯的《憶》也是從文津街國家圖書館古籍館中找出一九二五年版的原著來進行重印的。我們所做的就是為了原汁原味地展現民國經典的風格、味道。

什麼是「懷舊」？蔣先生說：「懷舊，不是心靈無助的漂泊；懷舊也不是心理病態的表徵。懷舊，能夠使我們憧憬理想的價值；懷舊，可以讓我們明白追求的意義；懷舊，也促使我們理解生命的真諦。它既可讓人獲得心靈的慰藉，也能從中獲得精神力量。」一些具有懷舊價值、經典意義的著作於是浮出水面，比如孤島時期最富盛名的兒童文學大家蘇蘇（鍾望陽）的《新木偶奇遇記》；大後方為少兒出版做出極大貢獻的司馬文森的《菲菲島夢遊記》，都已經列入了書系第二批順利問世。第三批中的《小哥兒倆》（凌叔華）《橋（手稿本）》（廢名）《哈巴國》（范泉）《小朋友文藝》（謝六逸）等都是民國時期膾炙人口的大家作品，所使用的插圖也是原著插圖，是黃永玉、陳煙橋、刃鋒等著名畫家作品。

中國作家協會副主席高洪波先生也支持本書系的出版，關露的《蘋果園》就是他推薦的，後來又因丁景唐之女丁言昭的幫助而解決了版權。這些民國的老經典，因為歷史的原因淡出了讀者的視野，成為當下讀者不曾讀過的經典。然而，它們的藝術品質是高雅的，將長久地引起世人的「懷舊」。

經典懷舊的意義在哪裡？蔣先生說：「懷舊不僅是一種文化積澱，它更為我們提供了一種經過時間發酵釀造而成的文化營養。它對於認識、評價當前兒童文學創作、出版、研究提供了一份有價值的參照系統，體現了我們對它們的批判性的繼承和發揚，同時還為繁榮我國兒童文學事業提供了一個座標、方向，從而順利找到超越以往的新路。」在這裡，他指明了「經典懷舊」的當下意義。事實上，我們的本土少兒出版是日益遠離民國時期宣導的兒童本位了。相反地，上世紀二三十年代的一些精美的童書，為我們提供了一個座標。後來因為歷史的、政治的、學術的原因，我們背離了這個民國童書的傳統。因此我們正在努力，力爭推出真正的「經典懷舊」，打造出屬於我們這個時代的真正的經典！

但經典懷舊也有一些缺憾，這種缺憾一方面是識見的限制，一方面是因為審稿意見不一致。起初我們的一位做三審的領導，缺少文獻意識，按照時下的編校規範對一些字詞做了改動，違反了「總序」的綱領和出版的初衷。經過一段時間磨合以後，這套書才得以回到原有的設想道路上來。

欣聞臺灣將引入這套叢書，我想這對於臺灣人民了解大陸的兒童文學是有幫助的。林文寶先生作為臺灣版的序言作者，推薦我撰寫後記，我謹就我所知，記述於上。希望臺灣的兒童文學研究者能夠指出本書的不足，研究它們的可取之處，為重寫兩岸的中國兒童文學史做出有益的貢獻。

二〇一七年十月於北京

眉睫，原名梅杰，曾任海豚出版社策劃總監，現任長江少年兒童出版社首席編輯。主持的國家出版工程有《中國兒童文學走向世界精品書系》（中英韓文版）、《豐子愷全集》《民國兒童文學教育資料及研究》，主編《林海音兒童文學全集》《冰心兒童文學全集》《豐子愷兒童文學全集》《老舍兒童文學全集》等數百種兒童讀物。二〇一四年度榮獲「中國好編輯」稱號。著有《朗山筆記》《關於廢名》《現代文學史料探微》《文學史上的失蹤者》，編有《許君遠文存》《梅光迪文存》《綺情樓雜記》等等。

民國時期經典童書 A0801002

文明國

作　　者 豐子愷
版權策劃 李　鋒

發 行 人 陳滿銘
總 經 理 梁錦興
總 編 輯 陳滿銘
副總編輯 張晏瑞
編 輯 所 萬卷樓圖書(股)公司
特約編輯 沛　貝
內頁編排 小　草
封面設計 小　草
印　　刷 百通科技(股)公司

出　　版 昌明文化有限公司
桃園市龜山區中原街 32 號
電　　話 (02)23216565
發　　行 萬卷樓圖書(股)公司
臺北市羅斯福路二段 41 號 6 樓之 3
電　　話 (02)23216565
傳　　真 (02)23218698
電　　郵 SERVICE@WANJUAN.COM.TW
大陸經銷
廈門外圖臺灣書店有限公司
電郵 JKB188@188.COM

ISBN 978-986-496-060-6
2017 年 10 月初版一刷
定價：新臺幣 320 元

如何購買本書：
1. 劃撥購書，請透過以下帳號
帳號：15624015
戶名：萬卷樓圖書股份有限公司
2. 轉帳購書，請透過以下帳戶
合作金庫銀行古亭分行
戶名：萬卷樓圖書股份有限公司
帳號：0877717092596
3. 網路購書，請透過萬卷樓網站
網址 WWW.WANJUAN.COM.TW
大量購書，請直接聯繫，將有專人為您服務。(02)23216565 分機 10

如有缺頁、破損或裝訂錯誤，請寄回更換

國家圖書館出版品預行編目資料

文明國 / 豐子愷著 .
-- 初版 . -- 桃園市 : 昌明文化出版 ;
臺北市 : 萬卷樓發行 , 2017.10
236 面 ; 14.5x21 公分 . -- (民國時期經典童書)
ISBN 978-986-496-060-6 (平裝)
859.6　　　　106017255